성연 시인선 16

나무의 詩

조정혜 시집

도서
출판 성연

| 시인의 말 |

만물이 소생하는 자연은 봄이 아닌 곳이 없다. 모든 것이 시작이고 지구를 둘러싼 개체의 혈기가 활기차다. 보이는 대로 생각나는 대로 서정과 산문 시詩라는 글제로 십을 지었다. 능하지 않은 문장의 완결 물은 보잘것없으나 한 권의 서문을 펴내는 데 있어 미처 깨치지 못한 무딘 감성을 낚아 혼신 쏟아부어 이름 석 자의 문패를 걸었다고 말하고 싶다.

늦은 나이에 겁 없이 뛰어든 시詩의 세계에서 작법이 서투른 자신을 책망하기도 했고 컨디션 난조에 부딪혔을 땐 접고 싶을 때도 있었으나 오랜 시간 묵혀 두었던 습작을 들춰 내가 나를 토닥이고 격려하며 긍정의 프레임을 통해 표현할 방법을 찾아낸 끈기가 있었기에 가능했다고 고백한다.

바람이 불면 파도는 미치지만 수심 깊은 강물은 바람을 탓하지 않는단다. 다수의 사람이 그렇게 살아가듯 결코 수월하지만은 않게 살아온 내가 그렇다. 이순을 넘긴 간이역에서 스스로 점검하는 시간도 가져보며 희망이 도래하는 물오른 햇살에 귀를 열고 오늘도 시상을 떠올릴 만한 서식처를 찾아 나선다.

봄이 흐르는 한강 공원에서…

▲그림 김성훈 (시인의 고종사촌 동생)

조정혜 시인의 시 세계는 일반인들이 상상할 수 없는 저 언덕 너머 피안의 세계도 함께 볼 수 있으며 안 보이더라도 그려낼 줄 아는 혜안을 갖추고 있다.

시인의 시선은 세상과 소통하는 창窓이라고 할 수 있다. 시적 대상을 관찰할 때는 사진의 접사처럼 세밀하게 봐야겠지만 보이지 않는 세계도 함께 느낄 수 있어야 시 창작의 진수를 맛볼 수 있게 된다. 103편의 시를 통해 승僧과 속俗이 자유로운 해탈解脫의 세계 속으로 들어가 본다.

-인간 존재와 삼라만상의 물상을 노래한 해탈의 시편들-
예시원(시인, 문학평론가)의 평설중에

목차

5부. 그 사람이
그대라는 걸

6부. 멍

7부. 그때 그리운 날에 부르는 노래

8부. 『나무의 詩』서평

꽃밭에 앉아

생각을 열어요

하늘은 꿈을 펼치라고
여명으로 하루를 열고

얼음 위 적설이 물이 되고자
밤낮으로 자신을 채근하는 건
넓은 강 향해 흐르기 위함이라

칼바람 된서리 버텨야 엘레지 꽃이 피듯
풀어야 할 방식의 과제가 있어
포부 품고 억척스레 사는 것이 사람이다

그대여
이토록 아름다운 봄날에
제비가 가볍게 창공을 날아오르듯
대망의 우주에 야망을 펼쳐라

당신의 모닝은 언제인가요

작은 허물 하나 털어 내고자
긴 시간 뜬눈으로 뒤척이다가
밤새 데운 詩 뜰채에 담아 中海에 띄우는데
한 쌍의 투 조 먼동을 맞이한다

별 뜬 하늘보다 더 눈부신 바다 살갗이
화로처럼 달아올라 홍안의 일출 빚어내니
바윗돌은 파도의 거품으로 세면하고
순식간에 사라질 새벽 길 마중한다

머리카락 사이로 비치는 광활한 눈부심
저 건너 오두막집
오래전 이맘때
시집온 암탉이 지아비 섬기던 그 집
밥 익는 굴뚝에 연기가 피어오른다

산국

곧은 꽃대로 줄기를 뻗어 올린
가냘픈 인내의 굳은 맹세

이윽고 꽃으로 승화시킨 봉오리

벌이 찾아주지 않아도 외롭지 아니하고
나비가 앉지 않아도 서럽지 아니하다

산등선 안은 운무가 벗이요
산새 울음소리가 동무이려니

햇살 같은 욕망으로
꽃씨 흩날릴 그날의 간절함으로

나그네 머문 오솔길 그 자리에
비로소 터져버린 함성의 꽃
네 이름 산국이라

홍매화

긴 겨울
사뭇 움츠렸던 무릇한 인연
증식된 한 줄 빛 이식하여
유장한 각오로 예 갖춰 피어있다

풋사랑 정독한 배짱 좋은 맑은 햇살
움막 속에 감춰 두고 입 꼭 닫고 서 있다가
봄비 걷힌 화사한 날
물오른 날개 펴 보란 듯 납시었다

화관 쓴 가지가 토해 내는 천상의 노랫소리
여린 수술 몇 가닥은 빈속 채운 정표요
아직도 덜 핀 움 지혜롭게 노니 누나

너는
보석보다 고혹적인 꽃
이 계절 미치도록 사랑하다 지거라
떨어져 길 위에 쓰러져도
사뜻한 이름으로 남아 있거라

진달래, 삼월을 품다

양지산 어깨 위에 분홍 저고리 곱게 펴
봄볕에 걸어 두었습니다
실바람도 오며 가며 이마를 문지르고
나로 인해 주변 풍경은 달라져
온 산이 웃고 있어
구름도 가던 길을 멈춰 섰습니다

가까이서 또는 멀리서
미처 옷고름 풀지 못한 애송 꽃망울
가만히 있다가도 춥다고 엄살떠는 건
괜한 투정인 걸 압니다

나물 캐는 아녀자들 수다 소리
산 중에 스며들 때면
나는요
삼월 먹고 배 채운 여문 맵시로
꽃대에 올라선 채 학춤을 추어요

하루의 태양보다 찬란했던 나
한 번쯤 세상 밖에 필만하더이다
그리하여 잎 필 날까지
한 계절 다하는 그날까지
생명의 땅을 다지리 길손의 벗이 되리

땅 찔레

일출 순산을 향해 진통하던 바다가
하혈 시작하는 시간
물 갈매기 비행하는 해안 길 거니는데
발목을 잡아끄는 파란 손

순백의 꽃무늬 손수건 걸고
맨손으로 땅 짚고 기어가는 찔레가
긴 밤 다 지나 유연하게 엎드려
해무 끌어 얼룩진 잎 씻어낸다

초대받은 곳 어딘지 알 수 없으나
젖 물 가시지 않은 보드라운 줄기
앞으로 가다 숨차면 행로 바꿔
옆으로 고개 돌려 또 간다

치맛자락에 담은 해풍 풀어놓으면
얼추 다 피어난 현란한 몸매 청아한 혼을 흔들고
가시를 무기로 길게 늘어진 인대는
일어서지 못해 성이 난 자존 일게야

찔레야
가다가 모난 돌 만나 미끄러지면
달음질하지 말고 나릿나릿 획을 긋고
미로에 부딪혀 한숨 터지면
구부러진 허리 잡고 쉬어 가려마

보다가 만지다가 너에게 반해버린 여심
가야 하는 나는
자꾸 발걸음이 돌려져
너에게 놓고 갈 말을 찾고 있었네

봉선화 곱게 피던 날

잎 하나 틔워 내는 일이
그리하여 꽃 한 송이 피워내는 일이
순리의 배앓이 견뎌야 한다는 걸 알고부터
신음하는 후더운 바람 품고도 의연하다

붉게 타오르는 오늘의 욕망이
햇살 한 줌 너의 것으로 만드는 일이라면
절정의 혈기 뿜어내다 파인 상처는
타다만 첫사랑 흔적일지니

오! 오! 도도하고 당찬 맵시
어느 하늘 고운 별이 저곳에 앉았을까
너는 갓 시집온 새색시 볼을 닮아
해 거름도 저만치서 바라보는 꽃

터질듯한 이내 심부 물들이는 농익은 봉선화야
꽃 맺힌 그 자리
붓끝처럼 오므린 너의 씨방에
너로 인해 몸살 난 이내 사랑 다 가져가거라

20170811/ * 『O수선화』 세상사는 이야기 창작시 선정 作

간청

바람아
너는 갈증에 목이 탄
팜파 그라스 기침 소리 들어 본 적 있느냐

키 작은 잡초가 잠투정하듯
치근대며 난무하던 저기
건너편 길섶의 눅은 뒤태는 네가 지나간 자리

바람아
산허리 뚫고 덜 깬 새벽이 기지개 켤 때
잠연히 기어오르는 안개 한 줌과
된서리 맞은 억새 입김 고이 품고 있다가
살구나무에 이름 모를 새가 앉거들랑
새 앉은 가지 위에 목마르지 않게 뿌려다오

바라건대
춘삼월 월초에는 한걸음 물러서서
꿈틀대는 다람쥐 어깨 달싹이면
복사꽃 수 놓인 햇살은 쓸어가지 말아다오

장미의 관冠을 향해

녹아내리는 낙숫물 소리에
놀란 냉기 세포
갈라진 균열 속으로 숨어들고
오랜 시간 기다린 지상이 몸 푸는 한낮에

지난해 월담하다 쫓겨난 장미 넝쿨
겨우내 고열 앓다 깨어 보니
허름한 벽을 기댄 핏기 없는 줄기마다
어진 햇살이 앉아 있지 아니한가

메마른 가시 끝에 꽂힌 하늘 유난히 예쁜 날
담벼락에 부딪히는 춘풍의 구령 음에
공복에 구부린 꼽추 등 추스르며
봄 사냥에 나서니

그 바이러스 입자는
언제 뽑혀나가 나뒹굴지 모르는 잡초에겐
항우울제

꽃밭에 앉아

눈길 고정하고 꽃에 묻는다
봐주는 이 있어 행복하냐고

다시 물어본다
고운 잎 흩날릴 날의 슬픔도 견딜 수 있냐고
그저 웃는다 꽃은

들녘 곡식 영그는 소리 들리면
보드라운 몸짓으로 시선 잡고
우물 거울삼아 립스틱 바르며 나비 불러 모은다

여물지 않은 꽃망울 내 속에 들어와
잉태된 태아처럼 꿈틀대고
다디단 햇살은 꽃술 사이로 스며
그늘과 다툼이 한창이다

발등에 떨어진 꽃잎 주워 모아
내 어깨에 잠든 나비 날개 위에
핑크 엽서 달아 주고

풋 가슴에 달콤한 내음 가득히 담았더니
나도야 어느새 눈부신 꽃이 되었다

20230421/ *창원 특례신문 기사화 作

견우화

허투루 할 수 없는 생명들이
지지대 타고 곡예를 한다

여기가 좋을까 저기는 어떨까 물색하다가
풀벌레 울어 여운 남은 자리
아무도 모르게 심어 놓았는데
탈 없이 발아되어 해종일 뻗어 나간다

풋풋하고 앳된 줄기 신생아 탯줄 같아서
눈이 시리도록 쳐다보고
허리가 아프도록 들여다봐도
가슴 터질 듯 번지는 愛

날마다 끈끈하게 감아올려
몸 사려 피워낸 함박웃음 꽃
기미 없는 자색 피부 이슬 따 마사지했나 봐

아이들이 부르면 발톱 세워 춤추고
비 쏟아지면 고개 숙여 울다가
피다가 오르고 오르다가 또 피어
찬연한 꽃잎 위로 단풍 물 스며들어
고단한 몸 주저앉히면

덩굴 짓무르는 날
맨발로 뛰어가 힘겨운 손 꿈치 잡아 주마
잔상으로 머물 인연 보듬어 주마

나리꽃 생애

올찬 혈기 소복이 채워
비단풀 밟고 솟아올랐다
엄마가 말하기를 살성은 유전자가 강해
주근깨 투 성일 거라 귀띔했고

그렇다 하여
불평을 늘어놓거나 슬퍼 마라 했고
다른 이들과 견주지 말라 했다
그 말에 속은 타들어 갔지만
명성이 뛰어나지 않아도 난 괜찮다

여의치 못한 요망한 날에도
낭만의 옥타브 올렸고
갓밝이 풍광을 수유하는 동안
애쓴 허리 굽지도 않았으니
이만하면 잘 살고 있는 듯하다

빼어난 외모는 아니어도
반질거리는 주아 겨드랑에 달고
어느 곳에 피었든 무엇을 바라보든
꽃 기둥의 가뜬한 매무시
나름 기품 있지 아니한가

겹벚꽃 나빌레라

흐르는 유수 따라 걸어 보고 싶겠지만
흔들리지 않는 뿌리에 발목 잡힌 처지라
천만 줄기 바람 쓸어 내며
가지마다 매듭 엮어 춤사위 펼치다

세상 물정 모르고 서 있다가
능장 봄 위안 삼아
차오르는 혈 수치 공표하는 용모
참하게도 담아내었니라

화려하게 자수 놓아 착지한 허공엔
가꾸지 않았어도 겹 타래 그득하고
곱기는 한량없음이요
만인이 선호하니 등급은 수석이라

좋은 것만 보라고
손길이 닿더라도 놀라지 말라고
가슴 뒤져 전할 말 찾는데
실가지 너머로 장엄한 꽃구름이 스쳐 가누나

실라몬타나 花

그네 화분 곡예 하듯
늘어진 갈빗대로 목 내민 달개비꽃
온몸 벨벳으로 치장하여
피고 지고 또 피어나고
세 장의 꽃잎 위엔 세 개의 하늘 있지만
한 점 바람 수천 개 흩어져 이마 흔드니
태연자약 튼실한 마디마디
음이 되어 춤추누나

산고도 없었건만
갓 태어난 새순에 눈 맞추며
사는 순리 가르칠 때
혼절한 햇살은 먼 산 위에 주저앉고
곁 줄기 끌어안아
고즈넉이 꽃잎 오므리는 네 모습
열여덟 소녀 같아라

태양의 꽃

너를 흙 속에 뿌려두고
나는 기다리는 행복을 배웠었다

씨앗의 머리가 터지고 땅이 갈라지던 날
비로소 서툰 시선으로 바깥세상 보는 환희

용광로 같은 기세 개의치 않고
머리 들어 일어서야 한다는 건
결코 쉬운 일이 아니라는 것도 알고 있었더냐

탈진한 허공 안고도 세심하고 정직한 자세
하늘 향한 거침없는 질주
어디 한 곳 흠잡을 데 없다

푸른 몸매 푼더분한 살갗
노오란 오침에 단 꿈꾸는 너

가만가만 들여다보니
촘촘히 박힌 알은 인내의 결실이요
벌 나비 차별 없이 품어 주니
그 모습 원숙한 내 어머니 가슴 같아라

먼저 피었다가 진 모란은 좌표로 눕고
진통의 서곡 서산에 퍼지면
뜨락에 뭇별 내려와 나풋나풋 춤추리라

| 2부 |

용서

겨울이 분다

삼백예순다섯 날 모두
너의 몫이 될 수 없음을 아는 탓에

가노라

짧은 엽서 띄우고 성에꽃 만류도 외면한 채
척박한 들판 울린 혹독의 시련 날리려
공중에 나부끼는 몸짓

만삭의 봄은 따신 불 지펴라 다그치고
땅 아래 촉의 혀끝 어서 가라 재촉하니
동토를 살라 먹고 토해 낸
싸늘한 굴욕 감고 떠날 준비를 한다

미련 한 줌 남기지 않고 거두려는 까닭도
궁핍한 염증에 소리마저 닫고 서 있는
입 굳은 수선화 탓만은 아니리라

한설 끝을 내달리는 지독한 냉정은
무언으로 외치듯 차갑기만 하고
풍한을 겪어 본 자만이 아는 격한 독백은 뜨겁다

아직 등 떠미는 꽃바람은 저만치 있건만
아쉬움 억누르며 말없이 돌아서려는
저 매몰찬 무심

검은 리본에 새긴 이름

그해 겨울
검은 띠 두른 액자에 비친
싸늘한 하늘을 보았네
내 어릴적에 멈춰있는 젊은 아빠
금니에 곱슬머리
탁배기를 좋아하여 붙여진 별명이 대포였다지

살점 찢겨나간 할머니 절규도
쪽 찐 머리 풀고 도리질하는
엄마 슬픔도 뵈지 않고
일가 만난 것이 더 좋았던 난
들길 휘돌아 산길 굽은 곳
송홧가루 날리는 양지산에
아빠 이름 묻어버린 바보

이후
아직도 그곳 바라보며 사는 나는
평생 자신에게 물어야 할 죄가 있는 나는

잡으려 잡아보려 해도
손가락 사이로 빠져나가던
종이꽃 붉은 연기를 기억하고
삽자루로 퍼 올린
마른 흙 파편이 핥고 간
엄마의 눈물이 또렷하고

이제야
단발머리에 앉아 날지 못하던
검은 나비가 날개를 잃었다는 것
지켜주지 못한 늦은 깨달음은
돌아보기 싫은 슬픔이라는 것

모두가 떠난 불 꺼진 빈 가
그날처럼 저리도 댓잎이 서걱대며 흔들리는 건
가슴 저민 송별의 손짓이었다는 것을
오늘의 나는 알고도 남음이라

단풍 가리비

바다 한가운데서 물살 까부르며 살았어도
육지를 동경하진 않았으리

파도의 속살은 날마다 푸르러서
넌출 대는 해초와 교전하며
어우러져 지냈을 형상 자못 화려하다

어둠이 푸른 마을 파고들 때면
벌겋게 달아오른 몸매는 달이 되어
꼬리 꼬인 소라와 부대끼며 집채를 키웠을 너는

서로 다르게 살아가는 위편
물새가 잘 있느냐고 짖어 대면
굼틀굼틀 발돋움하며 암호 보냈을 것이다

그물망에 끌려 깨진 꿈도
편평한 지면에 누워 처음 만나는 하늘도
모르긴 해도 허망하고 노랬으리라

망 속으로 손가락 넣어 등을 건드리자
심기가 불편한 듯 속살 더러 낸 패각을 꼭 다문다

매미야 나막신 신고 가거라

물매화는 고산지에 자리 잡고
그토록 뜨겁던 열병 견딘 나는
호흡이 거칠고 마음은 조급해져요

포플러나무에서 놀다 온다던 친구는
소식조차 알 길 없어
누군가를 향한 애절한 구애

날 보는 이 여치도 풀밭에 보이지 않는데
눈치 없이 울어댄다 군담 하길래
피신처 찾아 헤매다
한적한 산사에 숨어들어 허공을 봐요

민들레 홀씨 목에 걸려 마른기침 터진 날에도
번개 친 후 환청에 시달린 그날도
성대가 찢기도록 노래했기에
더는 욕심부리지 말아야지 생각하지만

나의 땀이 식어가는 줄 알면서
호박벌이 비켜서지 않음은
금계국 향기가 남아 있는 까닭이요

물웅덩이 실잠자리가 비행하는 건
시절이 다 씻겨가지 않은 이유 같아서
추녀 끝 청동 물고기 시선 따라 사방을 둘러봐도
나의 전성기는 멸하고 있음을 부정할 수 없어요

은행 열매 행렬에 바빠지는 마음
쪽잠 꿈결에 씰룩이는 뱃구레 잡고
버티기 힘든 시간임을 알아챈 허무한 현실

묵은 먼지 털어 내고
갈라진 목피 속으로 들어가
깊은 수면 취해 나 볼까
쇠잔한 이내 몸 그곳에 뉘어 나 볼까

올가미

눈보라 겹겹이 눌어붙은
성난 벽을 뚫는 저것은
겨울을 낚으려는 예리한 끌 소리
냉기가 독 오른 설한 속을 투쟁하며 살아도
본시 누구도 원망할 뜻이 없었다

요염한 수초 유혹 마다하고
풍족한 물살 빗질에 회유하며 살아감이
나만의 자유가 아니었던가

곳간 없는 가난뱅이 겉옷 한 벌 없는 몸
훤하게 비치는 속살 채우려
먹이 찾아 헤맨 죄밖에 없거늘
떡밥 물고 탈출한 눈 시린 풍경 앞에
후회의 기억마저 희미해진
분노의 거친 숨은 생의 끝인 것을

산란의 은빛 꿈 져버린 채
빙어로 태어나 처음이자 마지막
노지로 끌려 나와 낚시꾼 입으로 들어갈 때
비로소 한 맺힌 옷 한 벌 입어 본다
피비린 수의 한 벌 입고 간다

용서

어머니
그 이름은 눈물입니다
곧은 무릎 굽은 허리 펴셨는지요
야윈 가슴에 안겨 앞뜰을 보았을 때
거름 먹고 자란 꽃과 그 꽃잎에 앉은 나비는 보여도
당신의 곧은 무릎은 내 눈엔 보이지 않더이다
장마를 걷어낸 어느 여름
얼레빗 손에 들고 머리 빗겨 줄 적에
토담 벽 안고 줄기 뻗는 담쟁이덩굴 속살은 보여도
당신의 굽은 허리는 내 눈에는 보이지 않더이다
세상의 노예가 되어
삶에 허덕이는 지친 생의 소리도
막아버린 귀는 들을 수가 없었고
골방 구석에 누워 고통에 신음하는
아픈 숨소리조차 들리지 아니하더이다
내 눈은 가시에 가려져 곤경의 시절도 아니 보였고
묵은 흔적이 남기고 간
고운 얼굴에 그어진 주름살도 안 보이더이다
구름에 짓눌려 뒤꼍을 되감던 하얀 연기와
군불의 노여움은 당신의 긴 한숨

한 서린 짙은 설움
청솔가지 연기에 토해내던 어머니
그 생이 가련하여 눈물 삼키는 법을 배우고
뒤늦게 눈 떠보니
혹독했던 삶의 무게가 보이고
지금에서야 더러 내고 싶지 않았던
가난도 보이지만
호밋자루로 무상함을 파셨던 당신은
손 닿을 수 없는 천국에 계시옵고
아득히 먼 영혼은 별꽃 되어 베갯잇 적시게 합니다
어머니 어머님이시여
아직도 남아있는 영원히 식지 않을
당신의 향기만은 부디 거두지 말아 주십시오
사랑하는 임이시여
사무쳐 애곡하는 이 밤에 딸자식이 웁니다
그리워서 웁니다

*어머니 첫 기일에
 20170731/ *[문학과 사람들] 구독 마당 게재 作

비 오일 접시꽃

살찐 비가 길 위로 내려가라 명하던 날
젖고 젖어 더 이상 젖을 곳 없는
달궁 같은 알몸의 꽃이 무너진다

비는
옹골진 자태 외면한 채 쏟아지고
순리에 순응한 화순 조각
빗물 유영하며 화려했던 명예 씻어내린다

사는 동안은 이름이 꽃이어서
햇내기도 부럽지 않았을 것을
그 쉬운 안부조차 남기지 않은 채
모든 걸 잊고자 초연히 떨어진다

귀하여
비 거둔 하늬바람 젖은 땅 말리면
그대 발길에 스며들 수 있도록
지르밟고 가시게 그리하시게

황사

괴이한 공기가 유난 떠는 계절
호드기 불며 새봄 거래하던 길
흉흉한 기류 흐름에 온 천지가 먼지투성이다

표면마다 먼지에 납치된 자연은
고갈된 소천 수면이 낡고
발아될 죽단花는 익숙지 않은 환경에 유예 중

단비 내려 물꼬 트는 농부가 땀 냄새 풍기면
서툰 몸짓 조팝나무 정렬이
환희에 찬 자리 마련해 주려니

베갯잇 사이로 티 없는 하늘 드리우는 날
빗자루로 쓸어내리지 못한 시간 앞에
수만리 굴러온 흙먼지 종결을 기다려본다

여름에 전하는 말

차라리 못 본척할걸
그냥 지나치려다 되돌아서서
강둑에 널브러진 여름의 종말을 보고 말았네
우기 말린 습한 날들이 몇 번이며
이리되기까지 얼마나 많은 홍역을 치렀더냐

거미줄에 걸려 넋 놓은 하늘 때문에
더러는 세찬 폭풍이었다가
낙숫물 같은 알몸이었다가
결국 피하지 못할 슬픔 되어
풀더미 속에 말라가는 너는 날마다 아프다

남겨진 여죄 묻지 않을게
미련 두지 말고 가되
몸 꼬인 가랑잎 들국 위에 앉거든
아무 일 없던 것처럼 말벗하다가
그마저 스러져 보이지 않는 날엔
그땐 이미 아무것도 대변할 수 없으려니

안녕… 잘 가거라
우연히라도 후밋길 모퉁이에서
또다시 너를 만나 반딧불 밝히는 기적이 있기를

엿새처럼 흘러간 육십 년

서천이 양탄자 펼치면
대미를 장식하던 홍엽에 길 물어
가슴이 떠미는 대로 걸어갑니다

해는 산모롱이에 걸려있고
발이 유인하는 곳에 다다르니

어진 성품 지닌 나무들은 추기 벗은 대가로
잠복소를 둘렀지만
인적 드문 산허리에서
손 내밀어 잡아 본 적황색 이파리 감촉은
아직도 국월菊月입니다

서슬 퍼런 외골수 소나무 옆을 지나가면
솔잎 살 내가 나고
청미래덩굴 곁에 앉아 있으면
닫힌 어린 시절이 열립니다

많은 걸 바라지 않는 나잇살은
거만한 창월을 감고 있지만

쉽지 않게 얻은 것에서 버릴 것도 많아
흙먼지 이는 땅에 심경도 적어 보고
시름 달래며 혜안을 열어
이 시점에서 지우고 버리는 숙련도 합니다

보이지 않던 나를 견인하여
자연과 교감하며 해탈 했으니
충분히 흡족했노라 기록하며
기댔던 바위 형상 사진기에 담아
어스름한 외길을 내려갑니다

| 3부 |

시를 접는 종이학

바람 우는 길

바람 타고 오시려나
불러도 대답 없는 이름 석 자

나뭇가지 스치는 바람이
님의 기척 인양 가슴 두근대는 밤

그리움은 야화처럼 피어나고
정겨웠던 애깃거리
호반에 살포시 드리워지는데
쉽사리 가라앉지 않는 긴 한숨 토하며
그대 온기 찾아 걸어보는 이 마음

어머니
어깨를 짓누르던 멍에는 땅 위에 내려두고
다 못한 말들은 하늘에 흩날리고
못다 준 정 남았거든 이 가슴에 뿌려주오

이 밤
바람 우는소리에 뒤돌아보는 길
고결한 영혼에 상흔 있거들랑 벗어던지고
새벽이 오기 전에 내 꿈에 머물다 가시라

개여울

그곳에 가고 싶어라

여울목을 조준한 나무에 기대앉아
다시 한번 동심으로 돌아가고 싶어라

산 개미 줄지어 풀물 든 길 소풍 갈 때
숨 쉴 때마다 나만의 떨림으로
옅은 그림자 흔들리던 곳

그 향기에 취하고 싶어라

군락 이룬 잣나무꽃 요염을 토해 내고
아카시아 무성히 춤추던 곳

그 향기 담은 향수 뿌려
조건 없이 그곳에 들르고 싶어라

네잎클로버가 아니 보인들 어떠랴

빼곡히 활자 넣은 마음 풀어
조약돌에 얹어 두고
잔물결에 맞댄 이마
온전히 개여울에 적시고 싶어라

야생화

환영의 축전 건네받고
긴 호흡으로 기지개 켜
동반자 없이 홀로 고개 내 미누나

칡덤불은 연결된 몸을 감고
순서에 따라 빈 공터 넓이 재며
행인들이 있거나 말거나 엿보거나 말거나
관심 두지 않는데

바닥은 아직껏 차갑고 축축해도
그저 얼은 땅에 소소히 살아갈 요량으로
소박한 이상 펼치는구나

조금 늦으면 어때
다그치지 않으마

저마다 뿜어내는 온기가 사방을 데우니
너의 목덜미가 자꾸 길어지고
간질대는 좌심실 기운은 왕성해져
스무 예니레 지날 즈음 꽃 모자를 쓰리라

시를 접는 종이학

귀엣말로 전해지는
그대의 촉촉한 목소리에 안겨
햇순처럼 푸릇하게 들려주고 싶은 말

나는 그대 위해
때로는 양지바른 초원이 되고
더러는 부족함 없는 사랑의 언덕이 되고
가끔은 플라타너스 그늘이 되고 싶다

바라만 봐도 좋은 사람
하여 창가의 어여쁜 화분 속
질리지 않는 봉선화로 피어나
그대 가슴 물들이는 꽃잎이고 싶다

저무는 산 실가지에 매달려
들녘 비추는 노을이고 싶고
만추를 갈망하는 풍경 소리고 싶다

기차가 떠나도 여음이 남듯
곁에 없을 시간에는 짙은 향기로 그대에게 가고
함께할 땐 생각보다 더 빛나는 보옥이 되어
허물없는 동반자가 되고 싶다

사랑하는 사람아
시를 써도 채워지지 않는 사람아
이 마음 어쩔래

소

듬직한 육체 촉촉한 눈
그저 순응하며 살아가는 녹록지 않은 우생이지
도처에 깔린 목초 무성하여
마른 시절 허기 만회하려 입으로 풀 베는 너
처음이 아닌데도 신비한 표상이지

직선 논둑 훑어버린
소 꼴 벤 아재비 쇠뜨기 긁어모을 때
휴경지로 따라나선 송아지 젖 물리며
등에 멘 멍에에 햇살 한 줄 얹어 얹지

그도 잠시 잠깐
옆구리 내리치는 채찍에 구령 맞춰
윤회의 대기 뒷발로 걷어차며
무욕의 땅 조각에 쟁기로 줄을 긋고 또 긋다가
헛디딘 보무에 숨 가쁜 호흡도 지우지

불어 터진 발등 위로 거뭇한 어스름 기어오르면
쉴 수 있는 보금자리 돌아가고 싶어서
워낭 소리 짤랑대며 눈치만 살피는데
우사로 고삐 트는 쥔장의 앞걸음은
참 기분 좋은 일이지

메꽃 올림

사나흘 비가 내리더이다
그 비 그친 후

한 올 바람은 위로가 되고
눈부신 일광 희망이 되어
임자 없는 잡초 등에 터 잡아
비스듬히 기댔어라

게으름 피우기 없기 뒷걸음치기 없기
다부진 야심으로 숨 가쁘게 기어올라
두루두루 살펴보니
전부가 내 것이요 행복이었어라

염천에 박 넝쿨이 시들어 가도
나는 모르오
가녘의 낙조가 저문다 해도
나는 모르오

이 고개 넘어서면
실개천 모퉁이에 연홍빛 조경으로
징검다리 건너올 그대를 위해
둘만의 시간 열어 둘 테요

태동

웅크린 구김살 펴는 낙원처럼
봄 촉의 행복 분자처럼

해 바람 스칠 때마다 더 커지는 산이
목적지 도달한 신록을 덧칠할 즈음

알고 보니 수리 새 휘파람 소리는
파란 머리 베고 익힐 사랑의 미학이었어

거꾸로 역류한 볕살 손길
언 잔해 뜯어내어 양철 지붕에 말리고

귀향한 후조 무리 나 보란 듯 비행하니
풍년화가 두둠칫 아래를 내려봐요

질경이의 블록살이

탄생에 눈멀고 앉은 곳이 목적지라
가뭄에도 갈라지지 않는
척박한 틈 사이에 생을 펼쳤으되

몸이 커 갈수록 좁혀지는 간격으로
뿌리에 힘주어 발버둥 쳐보지만
블록의 공간을 버티는 건 쉬운 일 아닐 터

환영받지 못한 명맥으로 태어나
오가는 사람들에 짓밟혀 방점이 찍혀도
용기 잃지 마

감당하기 벅찬 현실이어도
질긴 강단으로 너의 이름 알려봐
밀려드는 피로 가등 빛에 녹여봐

유월은 내 가슴에

어제 내린 비바람에 갈풀은 드러눕고
모든 흔적이 땅거미 품에 잠들어
지친 날개를 접는다

북소리 내며 퍼붓던 비 그친 후
숱한 추억 드나들며 만났던 고독은
까닭 모를 서러움에 고달프고

저기 길모퉁이
습윤한 땅 위에 박해당한 강아지풀
초라한 몸짓으로 고개 저으니
비워둔 일기장이 심사를 흔든다

찻잔 속에 그려보는 젊은 날의 꿈은
기억 저편 빈 화분인 채 놓여있고
뜸부기 우는소리 구슬픈 여운 남기니
나 어찌 애달픔이 없으랴

살색 복숭아 선홍빛 물드는 유월은
반 접힌 열두 달을 거머쥐고
이렇게 익어가고 또 이렇게 저물어 가는데

재 너머 다랑논 가신 아비를 기다리며
대청마루에 팔 꺾고 누운 철없는 계집애
풀피리 불어 대며 오이꽃 바라볼 때
풍선처럼 부푼 젖가슴은 하늘만 보노라

해무를 보라

보푸라기 없는 성품으로 기어올라
갸륵하게 수놓은 춤사위 좀 보오

흐를 줄 몰라 아련히 풍겨 오르는
바다에 뿌리내린 저 현란한 달뜸 좀 보오

이 시간 혼자 사색해도 좋으려니
낭만의 주파수 올려도 괜찮으려니

봄비 내리던 곳
해국도 피는 곳

빨리 가라 재촉하지 않으리
정처 없이 떠돌다 나부죽이 흩어질 인연

연결된 회로 탐하지도 않으리
다만 내다 버린 탐욕은 거두어 가소

사연

청산 위 밤하늘은 셀 수 없는 별을 낳고도
채울 수 없는 욕구와 공허가 있고
까칠한 성격의 청보리는 생이 흔들려도
애당초 색정 따윈 의미 두지 않아
보릿대를 꼬지 않습니다

습지 덮고 누워있는 널따란 수련 잎은
무소식 소금쟁이 행방을 섣불리 예측치 않으니
조바심도 없고
울어도 눈물 흐르지 않는 새는
존재 자체로 시너지 효과를 줍니다

자아도취 매미는 목소리로 눈물 쏟아
동정을 얻어 내고
스스로 청춘 살라 먹는 단풍나무는
타들어 가는 자신을 한탄하지 않습니다

대부분 각자 철학의 의미는
다 다른 것입니다 그런 것입니다

내 나이는 휴가 중

이제 쉬어가도 되는 나이랍니다

칠색 무지개 뜬 정자나무 아래서
보다만 순정 소설 읽으며
선바람 채 살아도 좋은 나이라 합니다

풍경 종에 바람개비 달아 두고
꽃 수술 입에 문 나비 따라 춤을 춰도
흉스럽지 않은 나이라네요

경쟁 상대 갱년기란 이름표
물수제비로 포구에 던져 버리고
넋두리 늘어놓아도 되는 나이이기도 하다네요

딴에는 열심히 살아낸 인생길
바닷가 모오리돌 같은 존재였다고
말할 수 있는 그런 나이지 말입니다
브라보!

산딸나무 아래서

아파트 단지 화단 가
수피 건강한 한 그루 나무
사방으로 뻗은 힘줄 위로
층층이 착지한 하얀 꽃 택배

분주한 잎맥 사이로 누런 멍 자국도 있지만
서로를 부축하는 다부진 야심에
사지에 묻은 먼지의 각질도 숨죽여 흘러내린다

시선 잡고 볼 일이라고
잎은 크고 볼 일이라고 으스대던 활엽수
산딸 꽃 출연에 신들린 어깨 오므려
망연자실 기죽어 토라졌는데

그 속내 알 리 없는 만삭의 예비 엄마
한갓지게 오선지에 산딸 음표 그리며 태교하니
어찌 아니 행복하랴

칸나 목소리

이곳은 지구의 어디쯤이려나
첩첩산중도 아닌 야생화도 아닌 내가
부옇게 드리워진 안개 머리에 이고
야트막한 숲속에 홍등을 밝혀요

삶을 피우는 데 있어
서막의 기지개는 신기한 체험이라서
가끔은 적막에 몸을 떨고요
성장을 시샘하는 비가 내려도 나무랄 일 아니지요

낮은 곳에서부터 이날 있기까지
날마다 다른 새벽이 다녀갔고
낯선 밤 쓸어내린 대가로 목 근육은 휘었어도

긴 여정 함께 한 소나무 담쟁이와
밤을 파던 두견이와
숨어 사는 풀벌레 지지가 있었다는 것
그로 인해 나는 으뜸이 되었다는 것

누군가가
나를 나답게 수채화에 담아 주는 날
행실 좋은 몸가짐과 낙양보다 붉은 자태로
화폭 가득 꽃잎으로 물들여 드릴게요
온전한 계절을 누리게 해 드릴게요

20200903/ *긍정의 뉴스 신문사 기사화 作

더 넓은 꿈 찾아

북한산 휘돌아 길 나선 계곡 수야
산이 싫어 내려감은 아닐진대
바쁜 것도 없다만
세월아 네월아 할 수도 없는 처지

석양 고여 빨개진 산 뒤로 한 채
옥빛 양수 유영하는 버들치 떼 몰고서
나무가 버린 젊은 잎 업고
지휘자 없이도 무도회 여나니
너, 어찌 아니 즐거우랴

마침내 우이천 심장 지나
돌 틈 사이로 물풀 사이로
교만 없이 묵묵히 흐르건만
한 곳 머물지 못하는 너는 스쳐 가는 인연뿐
벗도 이웃도 있을 리 없다
성낼 줄 모르니 화 있을 리 없고
비 내리지 않는 날은 언제나 청춘이라

두 갈래 기로에서 옆구리 잘린 물살
기약 없이 떠나보낸 뒤
흐르고 또 흘러 뚝섬에 다다르니
따라오던 버들치는 어디론가 가버리고
곰솔 가루 내려앉아
등줄기는 누런 물감으로 변해가는데
비장한 각오 인양
서울 맥 찾아 나서는 여정의 저 설렘을 보라

어서 가거라
유람선 여행 나온 행락 웃음 있는 곳으로

거기 가면
달빛 그림자에 금별들이 물새 잠재우면
한강교 네온 아래 황금 잉어 마실 나와
강 이랑에 몰래 숨어 은밀히 사랑도 한다더라

하늘 춤사위

낮달 벗 삼는 햇살도 좋다만
푸른 천 등에 감은
양털 구름 감미롭고

마른 바람 갈증에 단비 뿌리려 하니
애달프게 꽃잎 펼친
천상초 향기가 길을 막는다

태초의 보금자리 억 만개 꿈 품고
넉넉한 배려로 도피 공간 부여한 채
산 중턱에 매달린 청아한 빛 끌어모아

하늘은
갈 곳 없어 떠도는
한 마리 짝 잃은 새 불러 세운다

시월의 채색

더위를 나르던 여름 차츰 작아지고
햇곡에 앉은 고추잠자리
내 갈 곳 어디냐 묻던 날

어미 품 떠난 젖 뗀 귀뚜리
툇마루 밑에서 목청껏 울어 예니
풀벌레 무리도 따라 운다

은 꽃자루 물봉선이 부러웠던 단풍은
손가락 마디마디 치장하여 신작로 물들이고
막달의 상수리 산통이 시작되는데

산고의 통증 알 리 없는 은행잎
보란 듯이
샛노란 치마 휘날리며 굿거리장단 쏟아 낼 때

쓰르라미 자취 감춘 풍요로운 벌판은
힝둥새 지휘 아래 농부의 풍년 가
갈바람에 오곡백과 온몸으로 일렁인다

겨울밤 일기

잦아지는 불면으로 온 밤 지새는 날이면
깊숙이 자리한 각인 더듬어 글을 쓴다
아득히 먼 잊히지 않는 시간에 머물러
젊은 나를 써 내려간다

엄마 따라나선 갯가에서
살점 쫄깃한 조개 구워 먹던 풍경에
쥐불놀이 연기를 덧칠해 표지 장식하고
찔레 움틀 날 기다리며 봄 앓이 했던
사춘기 소녀의 설렘 엮어
혼자만이 볼 수 있는 책을 빚는다

눈보라 속에서 번육하는
초록 보리의 강인한 인내를 배우던 시절도
혀 내밀어 하얀 눈 받아먹던
감미로운 시절도 이미 옛날

눈가에 서성이는 주름진 얼굴 들이다 보며
자지러지게 차가운 겨울 속에 엎드린 채
턱 고인 팔이 저리고
뒤통수까지 들어간 눈꺼풀은 떨리지만
축시의 고요는 혼자만의 여유

시어 찾아 나서는 느슨한 자유인 되어
찻잔 속 잎 차 향기에 취하고
이어폰 뚫는 남정네 낭송 목소리에 빠져들어
거하게 도취한 싫지 않은 나를 쓰고 또 읽는다

아!
이 밤은 별이 없어도 좋아라

| 4부 |

터

철새이려오

수빙보다 차가운 노을을 등에 얹고
잠시 다니러 온 여행길

일천 근 간절함 키워 내는
몸서리치는 알 수 없는 그리움이 있어

때로는 깨금발로 뛰어도 보고
목젖까지 차오르는 이름 삼키기도 하다가
가파른 기슭 아래 옹색한 빛 쬐며
가늘게 실눈 떠 먼 산 훔쳐보니
이미 마지막까지 와버린 계절과
끝머리에 닿아 있는 혹한뿐

흰 눈이 내 발자국 허락하는 날
늘 푸른 상록수 만나면 동백보다 뜨겁게 서서
소금꽃처럼 눈부신 순백의 예복 위에
입김으로 쪼아 뽑은 한 점 깃털 떨궈 놓으리

차라리 꿈이어라

인기척도 이정표도 없는 곳에서
어쩌면 옅게 남아 있을지도 모르는
행방 모를 울새 흔적 찾아
기웃기웃 산짐승처럼 숨어서 더듬는데
날개 사이로 살갗 시린 성장통
부리 끝에 매서운 겨울이 스친다

설중매

나의 붉음을 날마다 보려거든
흰 눈으로 수줍음은 덮어 주되
질투와 격동으로 흔들지 말고

나의 미모 오래도록 보려거든
매일 맑은 태양 아래 있게 해 주되
달아오른 내 볼에 임의 입술 포개지 말고

나의 매혹 영원히 간직하려거든
도촬은 허락하되
측은히 서 있다 꺾지 말고

요컨대
서둘러 봄은 가져오지 말아라

고드름 변주곡

속 빈 지푸라기 가슴에 품고
초가에 뿌리내린 현빙
그믐달에 기도하는 내 모습 애처로워
처마에 앉은 별도 우는가

밤이슬에 젖은 바람
이 가슴 파고들어 꽃비 돼라 하니
삭풍과 무서리가 공존했던 계절을
눈물로 작별 인사 고한다

봄바람아
목마른 이들이 내 안부 묻거들랑
말 전해다오

봄 지나 여름 가고
마른 잎 씻겨가는 계절 다 지나가면
창공에 머물렀다 다시 오겠노라고

목련 花

누군가가 말하기를
엄동설한 견뎌 내고
된서리 물러가야 눈을 뜰 수 있다기에
그 한마디 목에 걸고
살이 트고 갈라져도 울지도 못하더니

온몸 추슬러 마침내 새살 돋은
숭고한 매무새 청렴하기 짝이 없고
맨살의 비상 날개 구름 닮은 봉오리
탐스럽기 그지없다

목련화 목련화야
고향이 어디 메냐
젖빛 조명 함초롬히 걸터앉아
흐드러진 너의 볼을 스쳐 흔든다

당부

봄 딛고 일어서는
춘삼월에 묻나니

억세 풀 도려낸 자리
삼동 등에 업혀 와
네 곁에 드러누운
작은 풀씨 하나 보았느냐

소망하거늘
민낯의 그 풀이 자라나서
외발 치켜세워 허연 꽃 피우거든
낯선 풍경이라 외면하진 마

대나무

꿈같은 봄날 죽순으로 잉태되어
용 뿌리로 쓸어올린 어긋나지 않은 마디
나름 멋 부린 너의 사계는 허구한 날 아침나절

세찬 바람이 사매질로 공격해도
기울 줄 모르는 자존으로 서 있다가
단련시킨 가닥들은
서너 방울 비를 머금어도 흔들리지만

당차게 뻗은 척추 꼿꼿한 모가지
텅 빈 가슴에 인 박힌 속 내
이 강산 흘러 세태 변한다 해도
풍진세상 말미에서 꽃을 담아내는 일

얕잡을 수 없는 너의 머리끝 귀퉁이
한 구절 설화 걸어 놓고 있나니
칠흑 속에서도 손 흔들어
현이 되고 음이 되어 나를 노래케 하라

가로등

나의 존재를 찾는 이가 너였구나
마지못해 사라진
유시의 낙양이 사위어가는 소리였구나

밑동부터 차올라 파열하는 불꽃 하나
마주 보는 추녀 끝 독백은 커튼 내리고
헛바람 기포에 풍경 종 쉼 없이 탱고 추는 밤

눈 한번 깜박이지 않는 뜨거운 몸짓 보며
결 고운 구름 한 점 달무리에 기대앉고
오도카니 서 있는 너를 보는
초롱화 한 모둠 곱고도 어여뻐라

너였구나
뜬눈으로 지새운 갈증에
가로등 익은 볼이 새벽이슬 바를 때
어둠 추스르며 파닥이는 기척이
묘시의 첫닭이 잠 깨는 소리였구나

진각의 노래

맑은 기백 품은 뜨락에 찬란한 빛 내려앉으면
소나무 우듬지 건강한 까치 소리
비상의 날개 펴 새 아침 깨울 적에
애면글면 사신 삶 헤윰하며 헤아려
일백이십 명맥의 하루 활짝 열어 드리리다

요양 보호사의 이름으로
따뜻한 자세로
어르신의 손과 발이 되고
어르신의 수발인이 되고
아름찬 정신으로
어르신의 물음 받는 선생님이 되고
어르신의 말벗 되리다

하여
검불처럼 야윈 두 손 꼭 잡고
억겁이 놓고 간 주름진 풍모
높고 낮음 없는 자세로 안아
진각에 승선하여 노 젓나니

낙양이 사위어 어둠 불러와도
한 살매 못다 이룬 뜻 동녘의 만월로 승화시켜
충만의 횃불로 진각을 비추오리다
전각을 밝히오리다

나무의 詩

나는 버짐만 가득하고
앞가슴 여밀 것이 없다
초 정월에 투옥 중인 나는
추절에 쓸린 염증으로 불거져 나온 옹이와
부르터진 가지를 지키고자
한풍이 몰아쳐도 거부할 수 없어
내장된 나이테를 눌러 다진다
나체로 누운 산을 가려 주고 싶어도
재산이라곤 잎사귀가 전부였는데
그마저 흙으로 보낸 지 오래여서
손 뻗어 덮어 주지도 못하고
가진 게 없어 해 줄 것이 없다
더욱이 기운은 부정할 수 없이 버거워
마음은 급하고 겁이 나
불안한 신세가 초라하기 이를 데 없는데
어느새 서편 해가 느른하다

산 그리메 정경이 병풍치고

간신히 우주를 뚫고 오른

초승달이 새우잠 자면

모질고도 사나운 융동설한 입에 물고

꼬두람이 자손에게 전하는 말

웅크리지 말거라 뒤척이지 말아라

읊조리며 쓰다듬어

어미 존재 알리는 목 잠긴 자장가

그로 인해 떨어지는 서리 문양 한 떨기

[시작 노트]
행사가 있어 남산에 갔다가 하산 길에 심하게 얼어붙은 나무를 보고 엮은 글이며 대문을 장식한 시집 제목이기도 하다. 가지에 얼음이 열리고 시절엔 타워의 랜드마크이었어도 도둑맞은 세월 겸허히 받아들여 묵묵히 도리를 다하는 나무를 살펴본 시간을 기록하며 일행들과 한옥 마을로 걸음을 옮겼다.

삭발

산이 흔들린다
겸손했던 생애 한치 변명 못 한 채
땅 위에 무릎 꿇는 날
톱날 지나가는 굉음 속에
한 그루 나무가 드러눕는다

쓰러지는 그 슬픔에
새떼들은 미친 듯이 도망치고
율연으로 작별을 대신하는 이웃의 배웅
어린 잎 나풀거리던 어린 가지가
팔과 어깨를 포개고 누워
꿈인지 생시인지 알 수 없는
낯선 삭발 음 체감하며 떤다

온갖 수모 다 당하고
단단한 속살 뚫고 떨어지는 끈끈한 진액은
마지막 부음의 눈물

새들은 다시 돌아왔건만
적막 에워싼 골짜기엔 흩어진 메아리 길을 잃고
수척해진 산등성은 말이 없는데
빈터 남기고 떠난 나무 서 있던 자리 옆
파랗게 겁에 질린 이끼가
바위틈에 엎드려 숨어 있더라

고인돌

이끼 한 줌 봇짐 인양 허리춤에 걸머메고
산보다 무거운 돌을 이고 앉아
천만년 흘러도 닳지 않을 지석묘
갈 바람이 흔들어도 떨림 없다

낙양 빛 잉여 안은 옛터
화려하지 아니해도 눈길 머물고
길손도 유랑자도 시를 읊고 가는 곳

말매미 울어 예어 순산한 천고마비
온 누리에 퍼지면
집 나간 접동새 돌아와 자작 숲에 둥지 틀고
버팀돌 옆 개망초 영웅호걸 넋이려니

여기가
더는 주어진 내일 없는
마지막 생 내려 누운 망인의 종착역

터

내 이름 능수버들
그 누가 식목하여 여기에 서 있는지
몇몇 해를 어떻게 살아왔는지
평생 애틋한 창공 한번 쳐다보지 못하고
초지만 바라보는 늘어진 모가지

간밤 지족을 치고 달아난 돌풍에
목선 쇄골이 부러지고
어깨 휜 자리 백로가 앉아도 아프지 않아
덜 걷힌 여름의 군기침 소리
저 소리는 나에게 푸른 탐욕 내려두고
맨몸으로 돌아가라는 소리

나도야 가만히 서 있고 싶다만
남의 속 모르는
연인들의 속삭임 엿듣노라니
이리저리 흔들려서 지조 없다 혀를 차는데
낮 달 머물다 간 자리 주홍별 앉아있음에
난 괜찮아

어느 나무의 황혼

젊은 날은 엽지에 가려져 온데간데없고
검버섯 핀 모가지 볼 때마다
싱그러움 상실한 뼈 아린 슬픔
도리에 순응하며 살았을 뿐

한때는 기고만장한 모습으로
행객의 발목을 잡았고
두 손 잡고 소풍 나온 노부부 흰머리 위에
파란 그늘로 다가서지 않았던가

망부석처럼 서 있다가도
톱날 세운 초부樵夫 보일 때마다
생존 위한 핏대 세워 보지만
말라붙은 살가죽 초라하기 그지없다

차라리 주저앉고 싶지만
나이테 베개 삼아 더러 눕고 싶다만

3월 역에 다다르면
혹여 잎 피울 그런 날 올까

녹음 짙어지는 산속에 서서
옅은 미풍도 버거운 비틀거리는 뿌리 잡고
마지막 야망 안고 몸부림친다

미인송 연가

세기의 산이 바람 베어 날리던 날
절벽 배꼽에 내려앉은 솔 씨 하나
천만번 뇌우 맞은 몸살 견디어
험준한 기암에 뿌리내린 기이한 자태

푸른 혼 흔들릴 때마다
그립지 아니한 것 없을까만
사치할 줄 몰라 단풍 들지 않고
허세 부리지 아니하니 거짓도 없어라

송진 틈새로 귀 열어 눈 떠보면
산맥 휘감은 메아리는
골 깊은 계곡의 심장 소리요
태고의 괴석 가슴에 움푹 파인 한 줄 시어
전설이 두고 간 편지가 아니던가

세월이 그은 획 뼛속에 두른 채
가지마다 솔잎마다 운해 꽃 었고 지고
삼라만상 유혹해 본들
청설모 한 마리 오르지 못할
가파르게 솟아오른 번지 없는 곳

아무리 둘러봐도 내려갈 길 뵈지 않고
결국 있어야 할 곳 기암의 품속이라
오늘도 외마디 투정 없이
황산의 미인송은 수백 년 침묵을
바람으로 토해낸다

[시작 노트]
2015년 메르스가 유행하고 있을 때 동창들과 중국 여행을 다녀온 후 지은 글이다.
황산이란 곳은 말로는 형용키 어려울 만큼 절경이 한 폭 그림이었고 운무에 덮인
산은 함성이 절로 터져 나왔으며 괴석에 새겨진 글귀와 감히 누구도 오를 수 없는
절벽 끝에 터를 잡은 소나무와 군데군데 집채만 한 벌집들이 눈을 의심케 했다.
지인들에게 추천하고 싶은 곳이기도 하다.

초설

울안을 가르는 널브러진 모가지
연이 되어 날아간 잎 보내고
싸락눈 조각 보며 몸살 앓더니
용케도 이겨냈다

그토록 갈망하던 바깥 구경 나왔으니
꽃샘은 오색 입김으로 감싸면 될 터
유연해진 진한 초설 마블링 실 줄기가
우량한 탯줄 감고 어린 촉 우려낸다

간지러운 바람이 계절 바꿔 놓으면
다른 인연으로 살아가는 치자꽃 데려와
매끄러운 장독대 물들여
비올롱 떨림으로 노래할 수 있으리라

빈가의 호밋자루

동네에서 맨 꼭대기 우리 집
고요하고 수척하다
덜 닫힌 고방 문 텅 빈 시렁
새까만 숫돌 사각 주춧돌이 터를 지킬 뿐

서까래 모퉁이엔
녹슨 호밋자루 슬픈 유산으로 남아
우두커니 걸려 있다
어디 잡초만 캐고 한숨을 덮었을까

쇳가루 부서지는 부식된 굽은 목
긴 휴식에 빛 잃은 마디 끝
궂은비 스며든 자리
녹물 벽화 그리며 울지 말고
주인 보낸 잘못으로 더는 녹슬지 말지다

| 5부 |

그 사람이 그대라는 걸

임 마중

청자 빛 짙푸르게 여물어 가고
농군 할배 논배미에 들불 지피던 날

손바닥에 얹은 고즈넉한 풍경이
반쯤 닫힌 하늘 유영할 때
만추에 감전된 내 가슴
홰를 치며 네게로 날아가누나

어깨를 가로질러 앞서가던 바람은
죽을 만큼 아린 황혼에 반해 보채고
끝 가을 정수리에 앉은 이름 모를 새
황국 핀 언덕 보며 울어 예는 데

그대 오고 있나요

이날도 나는 꽃이 되고 싶어서
남은 햇살 헤집고 들어가 보니
밤을 켜는 서녘이 못 견디게 시 붉다

창포꽃 그 아름다운 무죄

무책으로 때 오기만을 기다리다가
민소매로 화축 세워 봄 맞이하더니
기다렸던 창포꽃 황금 비주얼이다

청정한 날의 해후
기교 없이 일어서는
유순한 너의 안부가 늘 궁금했었다

정녕 이곳이 지상의 낙원이라
사는 이치 깨치다 잠드는데
감탄의 갈채 소리 너의 오수 깨우 누나

내 마음 유리병에 꽂아 놓고
눈멀어 신열 앓다 일어나니

요것 봐라
창포물에 머리 감은 수련꽃이
도도록한 젖가슴 드러내어 앳된 너를 영접하누나

내 남자의 러브레터

문설주에 기대서서 그대를 봐요

정원에 꽃씨 뿌리는 새뜻한 당신은
향기로운 봄의 전령사

모가지 꼬아 인연 맺는 나팔꽃 방식은
서로를 의지하며 대등하게 오르는 것

어쩌면 저 배경이
당신과 동행하는 내 삶과 같아서
필연인 그댈 어찌 사랑하지 않으리오

갈맷빛 틀에 앉은 팬지 화
배곯은 꽃벌에게 품 내어 줄 무렵
운명이란 주제로
볕 든 창가에서 그대에게 편지를 쓰오

후일
선한 잎들이 가무 즐기는 계절 오면

침실엔 홍갈색 노을 따 무드 조명 달아 두고
윤기나는 공기 앞세워
우리 둘이 팔짱 끼고 낙엽 주으러 갈까

까치밥

때 묻은 가지에서 떫은 몸 키우던 어린 시절
그동안 무서운 태풍이 몇 차례 지나갔고
그때마다 비바람과 맞서 사투를 벌이며
용케도 낙과되지 않았던 나는
가을 길목에서 주황 옷을 갈아입기 시작했지요
그런 어느 오후 성취감에 도취한 백발 할배는
긴 장대에 그물망을 달아
친구들을 모조리 따기 시작했는데
그땐 나만 남겨둔 이유를 몰랐죠
날 배려해 준 거라 착각을 한 거지요
감이라는 이름은 혼자가 되고부터
원치 않은 까치밥으로 개명되고
살색이 짙어질수록 볼살의 윤기가 반질거리자
기다린 듯 새들이 날아와
날카로운 부리로 살을 갉아 먹어요
배부른 그가
주둥이에 묻은 단물로 입 헹구고 날아가면

구멍 난 뱃살엔 찬 서리가 채워지고

저만치서 그의 소리가 들리면

도리질하고 또 해봐도

그들이 다녀가는 날엔 난 심한 몸살을 앓았지요

살 빠진 몰골은 주름이 생겨 볼품없게 되고

심한 통증으로 몸서리치는 나날

이 모두가 내 살을 강타한 새들이었음에

차츰 비움을 배워 가는데

할배는 친구들의 옷을 벗겨

등불인 양 매달아 놓고 날마다 군침을 삼키지만

껍데기만 남겨진 풍상의 끄트머리에서

모체의 질긴 끈에 거꾸로 매달려 있으나

남은 양태는 곶감처럼 말라

추하게 비틀어진 꼭지 하나

감꽃 떨어지듯 낙하할 시간이 옵니다

진 자리 사계

춘삼월 햇볕에 그을린다
두 팔 벌려 그림자 만들어 주시고
궂은비 맞을까 봐 쪽 찐 머리 풀어
비단 우산 씌워 주시던 사람

해당화 실에 꿰어
내 삶에 융단 깔아주시고
동지섣달 언 바람에 몸살 날라
옷고름 뜯어 목도리 둘러 주시던 그 사람

한 분 당신 어머니
저는 지금
마른자리 마다하고 진자리 홀로 서서
보릿단 태질하던 당신의 사계를 되뇝니다

아!
행주치마 입은 아름답던 그 모습 어디로

미우나 고우나

남 앞에서는 선량한 사람
내 앞에서는 독불장군
정신 연령은 나보다 낮으면서
오빠인 척하는 남자
맞벌이하는 처지에
퇴근하면 다리 꼬고 신문 보는 남자
군소리 늘어놓아도 못 들은 척
예능 프로 시청하며 박장대소하는 남자
문중 일에 호주머니 여는 일은
자기가 적임자라 착각하는 남자
하는 일에 자충수 두고도
잘못을 모르는 남자
믿을만한 구석이라고는 도통 없는 남자
마음 비우고 곱 짚어 봐도
내 편이 아닌 것 같은 남자

거참, 이 일을 어찌할까
가끔은 레이저 쏘며 심취할 줄 아는 남자

굽은 대로 임하시어

누가 할미를 그곳에 모셨길래
가파른 산비탈에 홀로 앉아 있답니까

모두가 바라보며
이름 한번 불러 줄 뿐
용케도 그대로 남아 있는 풍모 또한
손 닿지 않는 곳에
운명을 피운 까닭일 겁니다

더러는 궂은 비에
혈관의 수액 바위벽에 추락하는 아픔도
명을 다해 지문이 말라가는 서글픈 몸짓도
가슴께에 받쳐 든
깊은 한숨마저 삭혀야 할 테지만

그러나 지금의 당신은
산의 이연 회수한 생명의 서序

머잖아 떠날 인색한 계절은
뿌리 끝에 남겨질 처량한 시련일 터

묵념의 꽃잎 떨어지니
고개 들어 하늘 보고 싶겠지만
마지막 생을 세워 굽은 허리 편다 한들
덧없는 내일은 이름보다 더 늙어 있을 노고초여

양지바른 비탈을 더듬던 머리칼
올올이 흩어져 바람 뒤따를 제
낮은 삶 씻겨 내린 반납의 대가는
편안한 쉼의 단잠이려니

할미여
사계 흘러 그날처럼 등걸이 꿈틀대면
한 철 꽃으로 또다시 오시라

어매

폭염 속 맷돌에 불린 콩 돌리며
나직한 목소리로 가르치신 말
여자답게 참되게 인성 좋은 태도를 갖추거라

홑청 안감까지 스며든 비린 갯내 풍기며
잠자리에서 내 귓전에 일러주신 말
나누고 베풀어 타의 규범이 돼라

애초의 여신 복수초 이야기는
구절 아린 슬픈 연가요
어디선가 삽사리 짖는 소리 요란하고
용마루 위 적설은 윤슬처럼 반짝이는데

늘 그 자리에 그 모습으로
영원토록 존재하리라는 건 망상이었음에
그땐 몰랐으나
오늘에 이르러 가슴에 손 얹게 합니다
아리게 사무치는 여인 어머니

초련 初戀

그가 보낸 편지 들고
산 중머리로 달려가 저버린 청춘 불렀더니
티 없는 음색이 파고든다

넉살스러운 나무들은 가파른 언덕에서
줄타기시키듯
핼쑥해진 잎을 쓸어내리고

들짐승이 다녀간 발자취엔
볼 터진 도토리가
드러난 상처 싸매고 숨어있다

멀리서 자신을 불사르는 태양은
혼자서도 빛나고
머잖아 달은 찌운 몸 비울 채비를 하리라

연문戀文이라 착각한 마지막이라는 끝맺음에
할 말을 잊은 나
기어이 이렇게 흩어지고 말라나

탱자꽃 엽서

떡잎 달고 사는 날들이 버겁긴 해도
하루빨리 하얀 얼굴 드러내고 싶어서
세심한 월명 지령 받아
심혈 기울인 꽃등 켤 준비를 해요

소유하는 날에 신경이 곤두서는 건
가시 품은 육신이 욱신거리는 이유였다는 것
아려도 참아야 한다는 걸 난 알아요

두고 내린 지난날이 뒤돌아 보여도
그것은 자연의 순리였다는 것
꽃 무리 번지게 할 과정이라는 것도 알아요

무덕진 쑥대 친구 삼아
밤새 빚은 증기로 궤도에 진입하여
두건 벗어던진 애송 망울이 기별 전해요
그대에게

거짓말

언제 봐도 예쁘다는 한마디 말
뻔한 거짓말인 줄 알면서도
나는 행복합니다

빗질하지 않은 머리
분칠하지 않은 민낯 보며
소녀처럼 청순하다 말해주고

유행 지난 옷을 입고
싸구려 손가방을 들어도
엄지 척 보여 주는 당신

거짓말인 줄 알면서 행복한 여자
그대 가슴에 둥지를 튼
나는 당신의 아내입니다

쟁기 손 당신

더덕보다 억센 손이 일궈 놓은 텃밭
신토불이 남새가 지천이다

천연색 싱그런 모양새로
올차게 살이 붙은 들나물 천국인 옥토는
잡풀 한 폭 용납되지 않는 땅

이랑 덮고 누워있는 고구마 줄기
배초향 꽃상추 씀바귀
미처 거둬들이지 못해 늙은 풀고사리
지붕이고 알 품은 토란 대 아래
뻔뻔스레 숨어들어 번식한 아기 부추
남의 공간 점령하고 서 있어도
용서의 땅 내어 준 토란의 미덕이 흐뭇하다

배초향 한 움큼 따 나오는데
밭두렁 끝
각시 풀 사이로 움푹 파인 신발 자국

비 내린 뒤
푸성귀 안부를 살폈을 시어머님 발자국
한쪽 가슴이 먹먹해지는 건 무슨 까닭이뇨

[시작 노트]
뇌졸중으로 쓰러지셔서 고생하시다가 지금은 고인이 되셨지만 이 땅에 계실 적에 쓴
글이다. 농사일만 하시어 차돌멩이 박힌 손바닥이 트고 갈라지셨던 분 자부로써
안타까운 마음을 표현해 보았다. 극락왕생을 기도드린다.

완두콩 꽃

네 앞에 서니
눈이 부시고 콧날은 시큰하다

순결한 생애 다다라 비로소 결실 맺을
너의 속 살펴보니
다리가 풀리고 머릿속은 저리지만
웃음이 멈추질 않는다

눈 감고도 걸을 수 있는 둘레길에서
옛 기억 상기하며 쉬어 가려 했는데
잊은 척 살아온 간격 너머로
머리에 수건 동여맨 엄니가 보인다

무던한 성품의 자세로
한 자락 오월 빛에 번지는 모습 때문에
침샘이 말라 목이 메고
입안에선 삼킬 수 없는 단내가 난다

아기 꽃 엄마 따라 피어오를 때
완두콩 넣고 꽁보리밥 짓던 엄니가
하얀 치아 드러내며
콩꽃에 앉아 웃고 계신다

그 사람이 그대라는 걸

혹시 그댄 알고 있나요

어디선가 휘파람 소리 들리면
생채기가 아려 엎드린 가슴에
후려칠 수 없었던 벽이 무너진다는 걸

부풀어 오른 멍울이 터져 누운 자리 적셔도
언 감정은 녹이지 못할 거라 고백하거늘

말갛던 청류는 서 있던 공간에서 맴돌고
흥건히 붉은 영체로 피고 진 숭고한 동경은
지속되는 오한에 검게 떨다가
거듭 다가서는 피안의 그림자인데

비워버린 마음에 어찌 사랑이 남느냐고
추호도 미련 없다 말하고 싶지만

무슨 이유로 스미는 사무친 연모(戀慕)가
배롱나무에 매달려 흐느껴 울까 봐
풍문에라도 몸져누운 내 맘 들키기 전
눈 감고 흔들리는 어깨 달랩니다

가슴앓이

오래된 필름을 돌려 보다가
무심코 들여다본 해 거울에
가르마 반듯했던 얼굴이 있어
무늬 없는 옷소매로 지운다

마지막 눈길조차 버렸던 빈 의자는
앞을 가로막아
기억 끝 간 데에서 덜미를 잡고
돌아서는 법을 몰라 방황하다
깊은 늪에 자신을 버리고 서 있던 사람

함께 거닐던 비밀의 수수밭에는
실신한 추억들이 비집고 들어와
바래진 백지에 얼룩 남기니
덜 아문 상처가 부아가 났는지 덧난다

그러면 안 되는 것이었나

밀어내지 못한 감정 벗겨내며
마지막 포승줄을 조여 본다
스친 인연은 지워야 한다고
이미 우린 타인이라고

| 6부 |

멍

그 사내 이름으로

그 사람 보내던 날 리라꽃 흩어지고
수크렁 낱 잎 따 수놓은 이름마저
시든 풀 되어 남루하다

나의 창 커튼 무늬 실루엣에 지워지면
가슴 요동치던 시절 반추하며
연필로 그려 보는 구릿빛 초상

그러나 다시 불러들인 낭만의 흔적은
빙하처럼 층을 쌓아 시리기 그지없고

지우고 버려도 또 채워지는 애증 때문에
뇌의 추는 잠 설치게 흔들려
참다가 견디다가 결국
미지의 섬 향해 뗏목을 탄다

늦은 밤 서툰 항해하다가
혹독한 풍랑에 부딪혀 뱃머리 돌린 인연

그곳 가면 만날 수 있을까

물안개 고운 결에 옷깃 여미고
매의 눈으로 물조각에 길을 물어
그 사내 손때 묻은 노를 젓는다

파래

때는 혹한의 매듭 달

실타래처럼 돌돌 말려
어딘지도 모르는 곳에 붙들려 와
냉욕 끝낸 개체들이 공고히 맞대고
광선 받은 채그릇에 엎드려 있다

흥에 겹던 시절 망각한 채
얽히고설킨 가닥들은
빛을 흡수하고부터 물기가 말라 가벼워지는데
이에 인정을 베푸는 이도
딱하게 여기는 이도 없지만

뼈마디 하나 없이 해조음에 찌운 살결
시나브로 모양새는 굳어져도
살아서 푸르렀던 생은 죽어서도 파랗다

육지에 흘린 쓰디쓴 낙루를 핥은
땅의 겉면이 얼고
꼿꼿해진 파래 힘줄을 뚫는
냉랭한 한풍의 공격은 날카롭기만 한데

다시 찾을 수 없는 청춘
뉘에게 하소연 할 수 있을까

낙하 그 이후

나무의 분신 한 잎
잡아당길 끄나풀을 찾지 못해
능선 윗목에 오그리고 있더이다
한 번도 와 본 적 없었던 낯선 길이었기에
첫눈의 초입은 떼 풀보다 더 아파
뒹굴고 뒤척이며 울고 있더이다

가지마다 닻을 달고
그토록 당당했던 청춘은 피폐해졌어도
맨바닥에 내려지길 바라진 않았으리
뜨내기 밑턱구름 소리 없이 다녀가던 날
맞바람 포로 되어
역방향 떠밀리고 쓸려 가는데

구멍 난 중상의 저 잎새는
어쩌면 모닥불 심장에 꽂혀
짧은 불꽃이 되고 싶은지도

왜라서 갈대는 흔들리는가

모진 더위 마주하며 찌운 속살
쪽빛 채반에 말려 서리보다 차갑게 토해 냈었다

현기증에 고개가 흔들릴 때마다
비로소 갈대는 홀몸으로 나부끼는 법을 배우고

허울 좋은 금발의 잎자루가
보름달 오름에 웃지 못하는 것은
저 달을 가지지도 긷지도 못할 더넘 때문이다

늙을수록 의미를 더해가는 이름이라서
누렇게 익은 모가지 여미며
키 작은 이월에 투정하는 것이다

몸부림칠 때마다 터지는 작디작은 소리는
사실은 목마른 사랑 얻고자
야밤에도 흔들리며 신음하는 것이다

인생 채널

내가 아니고 싶을 때
그냥 모든 것 내려 두고 싶은 그런 때
곡선으로 번지는 음파 따라
번잡한 자신을 털어내 본다

맨살 탄생 울림을 시작으로
살아가는 법을 깨친 작은 새는
벤치에 누가 머물다 갔는지
누가 다녀가려는지 궁금할 리 없지만

나는
생각의 내면이 꿈틀대는 탓에
가멸차게 불 지피는 산의 화원에 앉아
볼 터치 분칠도 해 보건만
마음 한구석이 허한 까닭은
못다 채운 그릇이 남아 있기 때문이리라

성난 바람이 핥고 간 상처 사이로
산문의 삶 들여다보니
예순에 승선한 흑갈색 나이테는
목덜미에 사정없이 선을 그어 앉아있고
윤기 마른 머리카락
카라 깃 타고 모시처럼 늙어 가는데

아득히 먼 시절 회상하며
색 바랜 수록장 넘기고 있을 때
갈 바람에 흔들리는 휘파람 언어

그 뭣도 탓하지 말고
시너지 범주 안에
내 나이 담아두고 흔들어 보라 하네

도봉산 고목

빈 가지 칭칭 감고 우렛소리 견뎠다
외롭고 서러웠던 시절이 얼마더냐
훔칠 수 있는 만큼 내 것으로 만들어
드디어 육성을 쏟아낸다

곁에 서서
삭풍을 걷어내는 이것이 봄이 아닌가

마음이 바빠진다
싹도 틔워야 하고
아랫마을 두견화 안부도 궁금하고
나그네 발걸음 멈추게 할 노래도 배워야 한다

간들바람 불어와
동상 걸린 계곡 간지럽히니
다람쥐 깨워 세상 구경하라 해야지

큰 산 고목은
잔설마저 잠재우는 봄 기척에
거대한 암벽 기어오를
멋들어진 아지랑이 향유할 날 기다리며

그늘 내려 볼 겨를 없이
살 없는 몸으로 소소리바람 막고 서 있다

소나기

연중행사 긴 장마 끝자락
어김없이 찾아오는 세차고 더 센 비
대낮에 하늘 열고 나왔으니
가지 못할 곳 없으려니 두려움인들 있으랴

땅을 뚫는 물기둥에
연거푸 빗줄기 걸러내며
축사 향해 뛰어가는 염소들의 비명
놀란 가슴 장대비 곱게 보일 리 만무하다

주눅 든 개구리는 잠꼬대인 양
숨을 벌떡이며 울고 불며 꿈이길 바라는데
목청껏 존재 알리던 쓰르라미
어디로 숨었는지 뵐질 않는다

이 비는 삼복 식히며 지나가는 비
잿빛 구름 비집고 절반 모습 내민
강렬한 태양이 이글거린다

팬데믹

가혹한 무서움에 짓눌려 주눅이 든 지구
놀란 가슴은 할 말을 잃어
일상이 위축된 지 언 수년

조상들이 견뎌낸 낸 보릿고개
함께 겪었던 IMF
기필코 또 이겨낼 수 있으려니

안전 수칙 실천하며 고개티 넘다 보면
긴 미로 벗어나
승리의 깃발을 들 수 있겠지요

종식의 기쁨 전파되는 날은 언제려나
이 난제 힘들고 고달파도
위축되지 마요 웃음 잃지 말아요

지구가 청정으로 지정되는 그날
결 고운 계절과 함께해요
자축의 잔 높이 들어요 우리

어둠길

이 길은 곁두리이고 가는 언니 따라
계단밭 가던 길

외진 마을 작은 농어촌
어린 내 나이가 서려 있고
머리가 추억하는 길과 발이 알고 있는 길

어느 한 곳 낯익은 아닌 데 없고
깊이 박힌 지문 인양
밭두렁 휘감은 푸새 무리도 그대로다

쉼 없이 달려가면 땅끝이 바다를 부르고
번화된 고을 아닌 시골스러운 여기는
날이 맑은 탓도 있지만 늘 설레는 곳

그 누가 다녀갔나
두 여인 인품 닮은 목소리와 활짝 핀 꽃

적막 깨우는 소쩍새 가락은 먼 나라 엄마 곡조
능선의 노란 산수유는 하늘나라 큰 언니

살아생전 맑고 곱던 두 여인은
저승에 올라서도 환하다

유치 저편 지각없던 사연들이 모락 거리고
밀봉된 묵상은 고매하기 그지없다

부지깽이

어미의 날개인 양 살다가
살갗에 붙은 잎 모두 버리고
그 많은 둥지 떠나
한낱 부지깽이가 되었다

가마솥 여물 수증기 뿜으면
아낙네는 늘 그랬듯
지진 일던 달궈진 주둥이를 구정물에 담근 후
사금파리 위에 물구나무 자세로 나를 세워둔다

아궁이 헤집다 타고 녹아
닳고 닳은 알몸과 작아진 난쟁이 키
벗겨진 지문의 고통이 사라지고
식어가는 체온에 구태여 태연한 척 서 있는데

저기
잔가지 흔드는 바람의 전언
어미다

모놀로그

낮결 양기 쬐며
지나서 온 세월 돌아가고픈 낙상홍은
살갗의 소생 떨어질까 움직이지 못하고
형편 부한 푸른 솔 바라보는데

저 끄트머리 애연토록 쇠퇴된 이파리
유한함을 아는 탓에
며칠 더 머물다 떨어질 운명이어도
이왕지사 떠날 때 떠나더래도
한 시절 누릴 거 다 누리지 않았냐며
마른 자신 껴안고 위로하는 시간

그런 마음 위로한 듯
거품처럼 걸린 선연한 구름 한 점
폭넓은 가슴 열어 웃고 있지만
단단한 평행선엔 색 짙은 한풍이 고인다

제목 없는 길

빈 콩밭 서성이던 어미 꿩이
밤나무골 둥지 찾아갈 즈음

가을걷이 농지엔 한낮의 발열이
때가 됨을 알리는 벼 이삭 둘러싸고
농수로 밑 천식에 볼멘 물달팽이
평생 물을 마시고도 모자라
촉수 늘어뜨려 허덕이는데
해지는 줄 모르고 들판에 상주하는 아낙 얼굴이
땀에 익어 속 드러낸 무화과와 흡사하다

한 번도 와 보지 않은 낯선 길에서
자신을 소환하여 들판 포토 라인에 세워둔 채
말라가는 구릿대처럼 서 있어도 보고
거친 불모지에 주저앉아 있다가
묻어 둔 단상에 플래시 켜 감춘 내면 비춰보니
꿈틀거리던 청춘은 가고 없고
치열한 삶 살아 내다 곪아 터진 염증뿐

얼마나 다행인지
흐트러진 모습으로 있어도
나를 알 리 없는 타인들이 위로되고
푸서리 깔고 앉아 백치가 되어
묵직한 어둠 달래다 깜박 조는데
엉성한 공기의 균열
이륙하는 바람이 눈을 깨운다

출렁이는 착시에 정신 가다듬어
풀어놓은 태엽 다시 감아
촘촘히 꿰맨 수레에 싣고
사는 곳 향해 방향 잡으니
정수리 위 일몰이 내 가슴에 불을 지핀다

명

호시절 네가 품은 뜻은
우량한 잎 피워 그늘집 짓는 것이었다

그것은 위대한 약속이었고
한 계절 홍보대사였었다

푸른 잎에서 단풍으로
단풍에서 낙엽이라는 이름으로
천수天壽 덫에 걸려 붉은 옷 털어 내니
허무함 이루 말할 길 없지만
영토 물들인 불장난을 끝으로
겉 비우는 모습 과히 훌륭하다

모든 것은 하루만큼 멀어져
금추 움켜쥔 야윈 마디엔
정갈한 어제 하나 걸려 있을 뿐

매무시 여며 보려 애쓴들
장애 입은 찢긴 상처 서럽기 끝없고
불멸의 자물쇠 걸어 뒀었던 자리
노쇠한 군더더기 애달픈
살점 떼어 낸 마디 끝은 시리고 매워
뼈아픈 파문이 인다

나뭇잎 편지

말매미 울다 떠난 마을 뒷산에
단풍 장이 서거든 기별해 주오
숫기 없이 앉아 있는 피막이 가다듬어
손님맞이 준비하리다

잎과 가지로 연 맺은 나뭇가지가
중심부 선혈 끌어 젖 물림해도
날 세운 바람 불어 떨어지거든
볏단 누운 들판으로 유람 보내 주오
이삭 줍는 아낙네 콧노래 부르면
화다색 분칠한 몸뚱이로 똬리 틀어 춤추리다

혹여라도 안개비 내려앉아
은사 뽑는 거미 속눈썹이 젖거든
망사 올 꿰매다 헐거워진 자리에
나를 데려다주오
유서 깊은 적 추 한 올 걸어 두고
홀연히 떠나리다

가을 떠난 무대는 지금

발아래 구멍 난 홍엽 사이로
차가운 서릿발이 새어들고
핏대 세우다 지친 펑크 물리는
혈서를 갈기며 제멋대로 누워 버렸습니다
허연 소생 관절에 태워
단풍 구경시키던 구절초 아홉 마디
고붓이 휘어 흠집 투성인데
살 속에 못질한 실거리나무는 등등한 풍채여서
비웃는 이도 기만하는 이도 없기에
자신을 다그칠 이유가 없습니다
빈 농지에 홀로 선 허수 할배
겨울이 앙숙일까 아니면 동지일까
헤아릴 수 없는 기간 흘린 탓에
너덜거리는 윗마기엔
훌뿌린 진눈깨비 켜켜이 쌓여있고
깡마른 외다리 한기에 뒤떨어
짚단으로 잠방이 만들어 덧입혀 놓아도
표정 없이 바라볼 뿐 한사코 요지부동입니다

눈꽃 비애悲哀

밤새도록 나부끼어 탑을 쌓았나 보다
소리 내지도 못하고
상처 입은 영혼도 모르게
그렇게 살포시 내려앉았나 보다

수맥이 말라붙어 편히 눕지 못한
널브러진 능소화 뼛속 위에도
헐벗은 나뭇가지 위에도
흔적 남은 구멍 난 흉터 감싸고 숨겨주며
승무 춤추며 하늘이 내린 편지 뿌렸나 보다

온 천지 목화송이 전설인 양 엎어놓고
우물 피해 깔아놓은 눈부신 백색 꽃
미명의 햇살 아침 열면
텃새 입김에 찔리고 뭇 발길에 짓밟히고
살 퍼내는 아픔도 관용으로 견뎌 내야 할 운명

바람이 찾아와 가지 흔들면
목 놓아 쏟아 내릴 통곡의 낙하
녹아내 릴 눈물은 시냇물로 다시 태어날
저 아름다운 눈꽃 비애悲哀

갈잎에 전하는 말

잘 있거라 다시 보자

재회의 날을 위해 삭풍도 이겨내고
살을 찢는 서리도 견뎌내라

짙은 해무 산기슭 되감아도
갈망한 꿈으로 걷어내어
전설의 향기로 거듭나되
유혹이 동행하는 갈바람에 허덕이지 말지다

또 오마 다시 보자

힘들고 지친 육신 갈 곳 없느냐
갈기갈기 헝클어진 네 한 몸
기댈 곳도 없더냐
작은 벤치 위에서라도 잠시 쉬어 가려무나

다시 너를 찾을 그날에는
퇴색의 자태 빗어 내린
인고의 설움 씻어 내린 녹색의 푸름으로

잘 있거라 나는 간다

풍류 시절 한탄 말고 억겁 세월 쓸어 담아
네 가슴에 서린 한 내 발자국에 던지되
찬 바람엔 묻히진 말아다오

너를 찾을 고운 그날

버려진 심장 줍고 내려둔 마음 담아
흔들리지 않은 초연한 자태로
언제나 그 자리에 선 채
천년의 기다림을 배운 유년의 몸짓으로

| 7부 |

그대 그리운 날에 부르는 노래

꽃무릇

연잎에 맺힌 이슬 벼루에 담아
먹을 갈아 "연연불망戀戀不忘"이라 쓴다

나신으로 선 채 정애情愛의 볼거리 앓더니
쌍쌍이 날아든 텃새가 우짖는 날
가녀린 목으로 고조의 막 올린 메시지
가슴 벅차도록 갸륵하다

얼마나 더 사무쳐야 만나게 될까
오로지 단 하나의 사유로 지치지도 못하고
핏빛 불쏘시개로 불붙여
활화산처럼 타오르누나

사랑해도 마주할 수 없는 일은 슬픈 거라서
견디기 힘들다 고개는 흔들되
끝끝내 잎 맺지 못하고 앞서 진다 해도
어긋난 명운 앞에 비련의 눈물 흘리지 말지다

내가 사모하는 꽃이여
붉은 자태 내려보던 적운이 나앉으면
떨리는 손 가누며 붓을 잡고
옥판선지에 너의 참뜻 새기노라

애상

그대 어디 가는가

봄날은 벙글어 익어가는데
혼자 가는 그 먼 길을 아시는가
그토록 건장했던 삶 내려 접고
정녕 이렇게 떠나는가

낯익은 꽃바람 그대 목소린 듯하여
창문 열어 메시지로 전하는 말

여보게
우리 유년의 사진첩에 앉아
흑백 필름 한 줄 되돌려 보세
그대 소싯적 시절에 잠시 머무르고 가세나

뒷동산 느티나무 아래서 보았던 너의 안주安住
알개 소년으로 돌아가 한껏 뛰놀다 가시게

오! 내 친구

멀리서 통곡의 잔 올리며 입술을 깨무나니
선잠 깬 아이처럼 내가 우나니

쓰린 기억일랑 썰물에 던져 버리고
잔잔한 바다 위에 영혼의 닻을 띄우기를
환한 모습으로 영면에 들기를

* 2017년 3월 죽마고우 종화를 보내며

잔디꽃 아리랑

내 손잡고 따라온 두 송이 국화꽃
맑은 혼 망자 앞에 놓았습니다

아빠는 그리고 엄마는
하얀 그림자를 밟고 피어 있습니다

비가 오든 말든 바람이 불든 말든
남들은 모르게 그렇게 피어 있습니다

해가 지면 별이 내려 노니는 곳
그 빛 언저리에 핀 잔디꽃 부부

내 발길 머문 어제 그 자리
아리랑 춤추며 또 다른 재회를 기다렸을 두 분 당신

돋은 묘석이 아무 일 없었던 양
마른풀 내 삼키는 볕바른 언덕엔
내가 알지 못한 엄마 아빠의 젊은 날이 숨 쉬고

고단한 어깨가 기대었을 한 그루 소나무는
푸른 울혈 삭히며 서 있습니다

가녀린 꽃대에 입맞춤 남기고
낮은 산 내려오고 있을 때
언젠가 나 또한 가야 할 그 길 떠올리고 있을 때

저만치서 들려오는 낯설지 않은 소리
내 귀에만 들리는 잔디꽃 흔들리는 소리

할머니의 강

홑버선에
옥양목 한복 차려입은 먼 어제의 할머니는
곱슬머리 말아 올려 은비녀 꽂으시고
큰 웃음 짓던 밝은 모습으로
저의 뜰에 앉아 계십니다
우물물을 식수로 사용하던 시절
가뭄에 밑바닥 보인 두레 새미에서
수십 번 퍼 올려
어린 내가 길어 온 물은 고작 서너 두레박
덜 찬 물동이 들여다보시며
치사의 말을 부어 양철 물동이가 넘치던
아련한 기억이 떠 오릅니다
회오리바람 거세게 불던 해
광풍에 급체한 기둥은 무너지고
받아들일 수 없는 사실 앞에
뒷걸음치시며 살아간 날이 몇 날이며
그러다 쓰러지셔 말문 닫고 사신
인고의 세월이 몇 해이던가요

자식이라는 그 이름 잊힐까
심장 깊이 심어두고
문드러진 가슴을 곰방대로 치던 밤
바지랑대에 걸린 하현달도
살을 도려내며 야위어 갔지요
여기는 할머니 모신 뫼
곧게 뻗은 고속도로가 보이고
대동강이라 불리는 간척지 농경지가 보이고
묵정밭 아래 해안 길이 보이고
굴을 따고 조개 캐던 바다가 갯내 뿜어내는 곳
지금
옥색 하늘 흰 구름은 할머니 영토 위에 머물고
뻐꾸기가 유월 읊는 산마루에서
부록으로 남아있는 사연들을
삘기 꽃 그려진 편지지에 써넣어
망초꽃 핀 터널을 걸어갑니다

무정세월

날마다 같은 생각으로
매일 같은 길을 오가며
일평생 같은 일을 했던
시어머님 곁에 말없이 앉았습니다

내 눈 속의 당신은 그대로인데
낮달의 무게도 감당하기 버거운 등에 기대어
생강처럼 휘어진 마디 굵은 손가락
풀 때 가시지 않은 손을 잡아봅니다
논두렁 콩 꼬투리 뙤약볕에 뒤집혀도
허리 굽혀 뽑고 또 뽑아내던
밭고랑 잡초가 무성해도
이젠 생각의 빗장 열지 못하는
가슴속을 들여다봅니다
망각 속에 주저앉은 굴곡진 생애의 임아
그토록 환한 웃음 어디에 내다 버리고
어깨 굽은 자리 멍에 흔적 없고 앉아
검불처럼 야위어 가는 임아

어머님
목덜미 주름 문양 너무나 고운 사람
오늘의 당신입니다
어제를 기억하지 않으려는 가슴 아픈 사람
지금의 당신입니다

명치끝이 이토록 아린 까닭은
억새밭보다 거칠었던 삶
모진 세월 성도 화도 없이 살아온
그런 당신을
너무 많이 알아 버린 탓일 겁니다

할아버지 외출

호박잎 쪄서 보리장에 밥 싸 드신 후
할머니는 모시 적삼에 풀 먹여 다듬이질하셨지
횃대에 걸린 모시옷 이음매는 잣대 같았어

건넛마을 이장님 회갑 잔칫날
그 옷 입고 나들이 가시는 할아버지
머리에 얹힌 챙 둥근 중절모 근사했었지

지게 지던 등은 휘어 낫처럼 굽었어도
흰 고무신에 지팡이 짚고 흙길 걷는 발걸음
다소 가누기 힘들어도 애써 가뿐했지

헛기침 한 번이면 돌부리도 비켜서는데
지팡이 쥔 손은 여름이 무르익어 흥건했었어
박달나무 길 따라 천상으로 가신 내 할아버지

여기가 아파

그대 잠든 묘비에 섰습니다
흰 뜬 물 같은 구름 아래
곱이곱이 구부린 계곡 산자락엔
하얀 벚꽃들이 절정에 달해 합창하는데
그토록 싸늘했던 흔적이 아파져
차라리 눈 감았습니다

헛헛한 산은 다시 태어나건만
불러 본들 쓰다듬어 본들
긴 한숨 소리 메아리 되어 허공에 돌고
되돌아보게 되는 떨어지지 않는 만 근의 발걸음
상석에 떨어진 눈물 소리
그대 귓가에 산까치 소리이기를

갈게요 또 올게요
내 사랑 맏언니야
돌아 돌아 먼 길 돌다 마실 갈 곳 없거든
어제의 모습으로 볼 우물 웃음으로
그 발길 내 사는 곳 들려주시기를
여기가 아파 가슴이 아파

훨훨

슬하에 육 남매
골무꽃 핀 유월에
낙원을 조우하는 처연한 이름이 있습니다
검은 저고리 옷고름 깨무는 호곡성에
대추나무 위 종달새도 상주 따라 우는데
친히
길쌈으로 빚은 모시 수의 입고 떠나신 망자 영혼이
아등바등 살아 낸 생의 터전 뒤로하고
구천 길을 홀로 오르고 계십니다
초로인생이라 하던가요
볕 좋고 바람 따신 날
볼그레한 두 볼 수줍은 듯 미소 띤 영정 속 당신
참으로 아름답고 고우시외다
잔술 위로 떨어지는 눈물이야
두 손으로 훔칠 수 있다지만
별꽃 노란 평상에 앉아
시집살이 풀어 놓으시던 숱한 사연
어느 곳에서 들으리까
지고지순했던 당신
한없이 온화했던 당신
가신 곳에 농군의 아내로 사셨던 계절이 와도

이제는
농기 들지 마시고 키질하지 마시고
세 발 손수레도 끌지 마시라
천천히 더디게
가고 싶은 그 강을 건너시다가
가시는 길 지치면 쉬어 가시되 고망하지 마시옵고
매운 기억과 통증의 시간
붙잡지도 가두지도 마시고 조속히 버리고 가시라
바라옵건대
맑은 영혼 평온의 안식에 다다르면
님의 생 머물다 간 사계 문전에 해 떠오를 제
망중한 때 짬 내어 여섯 뱃줄 하루를 열어 주소서
언제나 바른 생각으로 사셨기에
만념이 교차하는 당신의 종점
보드라운 흙 위로 밤이 물들면
큰 달이 별을 안아
심산유곡이 눈부실 것이외다

*시어머님 49재에 부쳐

그대 그리운 날에 부르는 노래

노들강변 봄버들 휘휘 늘어진 가지에다가
무정세월 한허리를 칭칭 동여매어나 볼까

이 노래 흥얼거리며 호미 끝에 떨어진 땀방울을
엄마는 비 맞은 밭고랑에 버무렸지
호망 배에 닻을 달아 작은 바다 한복판에서
그물망에 잔챙이 건져 올리던
아버지의 질곡 진 생의 끝을
동짓달 마른 땅에 심어야 했던 엄마
끝내 다 감추지 못한 깊이 박힌 멍울
바닷길 바라보며 한숨으로 삭히던 엄마
겨울보다 짧은 봄이
본인 중심적인 모습으로 차림을 서두를 때
의지할 어깨 상실한 엄마는
밤이면 처마 밑에 백열등 켜 둔 채
마당 끝 감나무 아래 서서 가버린 겨울을 찾고 있었어
혼란속 삶이 너무나 버거워도
도망쳐 버릴 수도 없어 견뎌 낼 수 있는 것조차
떨쳐 버리고 싶다던 혼잣말에 난 말없이 아파했지

홀로 사려 하는 시간 뒤에 잠 못 드는 밤
문풍지 파고드는 웃풍이 한없이 아렸을 엄마
어머니!
천상의 그곳에도 사계가 다녀 가는지요
초록 짙은 팔월에 부추꽃 꺾어 쥐고
당신을 회상하며 흥얼거려요
나지막한 목소리로 엄마의 여식이 그 노래 불러요

에헤요 봄버들도 못 믿을 이로다
푸르른 저기 저 물만 흘러 흘러서 가노라

어머니
이즈음 고향 집 대나무숲에는 참새가 지줄 대고
까치가 마실 오던 감나무 가지엔
배꼽 떨어진 대봉 감이 옛 기억 흔들며
멈춘 시계추를 깨우고 있을 것이외다

20200605/ *긍정의 뉴스 신문사 기사화 作

오라버님 영전에 부쳐

눈을 핥고 스쳐 가는 가혹한 바람의 비보
파도의 푸름을 배우게 해주시고
바다의 해수 심도 깨우쳐 주실 적
고적히 서 있는 등대의 임무는
밤바다에 돛폭 펼친 한 척 배 비추는 일이더이다
돌이켜 생각하니 저와 같은 염원으로
누군가를 위해 등 밝히는 일이더이다
잎 돋은 감나무에 담황색 감꽃이 피는 순간
목쉰 봄날에 작별을 고지하신 당신
국화에 안긴 영정 앞에서
잔술로 마주하는 큰 나무 넋이여
텃새 날개 끝에 얹힌 오월 배웅은
살을 에듯 외치는 마지막을 보듬은 새언니의 애수
이미 비어있는 부재 찾아
엎드리어 바닥을 두드리는 처절한 절규는
아쉬움이요 서러움이외다
흐릿해진 머릿속이 부정의 경련 일으켜
손사래 치는 아들딸은 가히 여기시고
지켜내지 못한 무능한 누이를 용서해 주시라

서로에게 의지가 되고 동지가 되어
아낌없이 나눈 사랑 너무나 오롯하여
떠나시는 그 이름 그 발길에 손 모으오니
통증의 모든 시간 내려놓으시고
임이여 편히 가시라
임이시여 부디 외롭지 마시라
나는 보았네
눈물에 물들어 부르튼 국화꽃을
보내 본 사람은 알아요
그리움으로 하루해 보낸다는 걸

[시작 노트]
지난해(2023) 작고하신 오라버니 영전에 올린 글이다. 사시사철 폰카에 자연을 담아
시상을 떠올려 보라고 사진을 보내주곤 하셨다. 수록된 글에 꽃 이야기가 많은 것은
대다수가 전송해 준 꽃과 그 배경으로 지은 詩라는 사실임을 이 자리를 빌려 말하며
미완성 작품들이 아직 남아있어 너무 아프다. 가슴에 이름 묻고 영면을 기도하며 두
손 모은다.

| 8부 |

나무의 詩 시집 서평

| 조정혜 시집 서평 |

−인간 존재와 삼라만상의 물상을 노래한

해탈의 시편들−

-인간 존재와 삼라만상의 물상을 노래한
해탈의 시편들-

예시원(시인·문학평론가)

■ 들어가며

<나무의 시>에 들어있는 103편의 작품들은 인간 존재의 본질과 우주 삼라만상의 기원부터 현재의 일상까지 모든 물상을 대상으로 화자가 체득한 세계관을 실어 노래한 풍경화들이다. 과거엔 시 장르의 작품들이 전통적인 시조의 영향을 많이 받아서 일정한 형식과 율격을 갖춘 정형시들이 많았던 게 사실인데 조정혜 시인은 과감하게 탈피한 자유시들이 많은 게 특징이다.

그런 전통 시에서 강조했던 게 시적 긴장감과 함축성이고 예리한 시선과 깔끔한 마무리를 중요시했지만, 현대의 자유시 또는 서정시들도 영미문학의 사조가 다시 부활하는 경향에 따라 산문시와 노래 시들

이 많이 등장하고 있다. 조정혜 시인은 자유롭고 편안한 시 쓰기를 추구하고 있다.

그렇더라도 시어 생명은 개성과 독창성에 있기에 습작할 때는 타자의 작품을 많이 읽고 느끼며 모방해 보는 것도 좋겠지만, 등단 후엔 자기만의 세계를 단단하게 구축해 나가는 것이 문학에서 승패를 좌우하는 지름길이다. 그런 점에서 조정혜 시인은 분명하고 독창적인 시 세계를 구축해 나가고 있는 것을 작품을 통해 알 수가 있다.

인간사의 행복과 불행, 일상의 모든 것을 풍류객의 낭만과 호기로서 요리해보는 것도 멋진 일이다. "그대 아직도 꿈을 꾸는가" 하고 물으면 "아니 난 이제 시토피아에 와 있네"라는 대답과 함께 여유롭고 흐뭇한 미소를 지을 수 있을 때 비로소 시인으로써 완성된 상태라고 할 수 있다. 조정혜 시인은 이미 시토피아에 살고 있다.

시인의 시선은 세상과 소통하는 창窓이라고 할 수 있다. 독자 또한 마찬가지다. 서로가 함께 호흡하며 공감대를 형성할 수 있어야 하는데, 서로의 세계 속으로 들어갔다가 마음을 읽고 반드시 다시 제자리로 돌아와야만 한다.

슬픔과 아픔을 절망적인 상황으로 가져가지 않고

창조적인 에너지로 밝게 표현하며 희망적인 메시지를 전해주는 작품들이 진정 우리 시대에 필요하다. 주변 상황이 점점 어려워지고 있는 것은 사실이나 그렇다고 문화예술을 하는 작가들조차 함께 늪에 빠진다면 제대로 된 역할을 하지 못하는 것이 된다.

조정혜 시인은 삶을 병들게 했던 데카당스(절망, 파괴)의 세계, 의미 상실된 세계를 즉시 통찰하고 버림으로써 기꺼이 새로운 세계를 창조해내고 있다. 우리네 삶이 단지 허무주의라는 막다른 골목에 들어서서 결국 탈출구를 찾지 못하고 고사하는 것이 아니라, 힘의 의지로부터 시작하여 운명을 극복해 나갈 수 있을 때 인간의 진정한 행복이 시작될 수 있다는 믿음을 가지고 있는 것이다.

번안한 시심의 세계라면 모를까 끓는 화탕지옥이나 참혹한 전쟁터 또는 범죄의 현장이라면 잠시 들여다보고 다시 빠져 나와야지 그 속에 갇혀버린다면 그 후유증이 아주 극심하게 되고 만다. 그런 점에서 조정혜 시인은 추상적이고 관념적인 시 세계가 아닌 시간여행을 떠났다가도 해거름엔 늘 제자리로 돌아오는 분명한 작품 세계를 구축해 나가고 있다.

파계승으로 찍히면 행동거지가 자유롭다. 한번 파계하기가 어려워서 그렇지 기왕에 파계한 몸은 자유로워야지 망설일 필요가 없다. 파계 안한 중이 눈치나 살피지 해탈解脫한 중은 머물거나 멈춤이 없어야 한다. 조정혜 시인의 작품에선 시간이 멈춰있질 않다. 자유로운 시간여행을 떠날 준비가 돼 있는가? 됐나? 됐다! 하면 시인의 세계로 함께 떠나면 된다. 여기 조정혜 시인의 시집 <나무와 시>에 있는 103편의 시를 통해 승僧과 속俗이 자유로운 해탈解脫의 세계 속으로 들어가 본다.

연잎에 맺힌 이슬 벼루에 담아
먹을 갈아 "연연불망戀戀不忘"이라 쓴다

나신으로 선 채 정애情愛의 볼거리 앓더니
쌍쌍이 날아든 텃새가 우짖는 날
가녀린 목으로 고조의 막 올린 메시지
가슴 벅차도록 갸륵하다

얼마나 더 사무쳐야 만나게 될까
오로지 단 하나의 사유로 지치지도 못하고
핏빛 불쏘시개로 불붙여
활화산처럼 타오르누나

사랑해도 마주할 수 없는 일은 슬픈 거라서
견디기 힘들다 고개는 흔들되
끝끝내 잎 맺지 못하고 앞서 진다해도
어긋난 명운 앞에 비련의 눈물 흘리지 말지다

내가 사모하는 꽃이여
붉은 자태 내려 보던 적운이 나앉으면
떨리는 손 가누며 붓을 잡고
옥판선지에 너의 참뜻 새기노라

조정혜 시인의 『꽃무릇』전문

꽃무릇에서 애달픈 그리움과 정염의 연리지 사랑
을 보는 듯하다. 연리지는 서로 다른 나뭇가지나 뿌
리가 뒤엉켜 자라는 것인데, 남녀 간의 사랑이나 가
족 간의 화목을 상징하기도 한다. 하지만 칡과 등나
무에 비유하여 목표나 이해관계가 서로 달라 화합하
지 못하는 것을 갈등葛藤이라고 한다.

시인은 '꽃무릇'에서 서로의 관계를 그리워서 잊지
못하는 연연불망戀戀不忘에 비유하였다. 사모하는 꽃이
지만 '사랑해도 마주할 수 없는 일은 슬픈 거라서' 더
욱 비련의 애사를 적어내고 있다.

연연불망懸懸不忘은 '가까이 하기엔 너무 먼 당신'처럼 안타깝고 애절한 상황을 비유할 때 쓰는 표현이기도 하다. 그런 애사는 동양이나 서양에서도 많다. '로미오와 줄리엣'의 경우도 그러하다.

시인은 시적 상상력이든 현실의 애달픈 사랑이든 '핏빛 불쏘시개로 불붙여/활화산처럼 타오르는' 마음을 애써 달래며 차분하게 먹을 갈고 옥판선지에 연연불망懸懸不忘이라 쓰며 현실로 돌아오고 있다.

살아오면서 남녀 간의 사랑이든 가족 간의 사랑이든 어찌 크고 작은 안타까움이 없겠는가. 비슷한 비유로 고슴도치나 가시고기 또는 가시나무를 등장시키며 이런저런 아픈 사연을 떠올려보는 이들도 많다. 여기서 시인은 작품을 통해 다른 상황과 화자의 마음을 동일시하여 타자의 경우를 대변하고 싶은 유사성의 원리(Matching principle)를 적용하고 있다.

많은 사람들이 영화나 드라마를 보는 동안 아름다운 사랑을 느끼면서 동시에 애절함과 안타까움도 함께 느끼게 된다. 매 상황이 해피엔딩으로 끝나면 좋겠지만, 부모들이 반대할수록 반발심리와 인지부조화로 애정이 더 불타오르며 그 상황을 보는 이들은 유사성의 원리에 빠져 긴장과 불안을 감소하고 해피엔딩으로 끝났으면 하는 마음이 간절해지게 된다.

로미오와 줄리엣 효과(Romeo and Juliet effect)라고도 한다.
시인의 마음은 활화산처럼 타오르고 있다. 가슴 절절
한 사랑을 해보고 싶은 마음이 작품에서 드러나고 있
다. 그럼에도 불구하고 문득 문득 그녀의 시편에선
그리움과 물 내음이 많이 묻어난다. 하지만 시간의
바람 속에 언제나 제자리로 돌아오고 있다. 그 시간
앞에 또 그 시간 속에 그녀는 편지를 쓴다.

듬직한 육체 촉촉한 눈
그저 순응하며 살아가는 녹록치 않은 우생이지
도처에 깔린 목초 무성하여
마른 시절 허기 만회하려 입으로 풀 베는 너
처음이 아닌데도 신비한 표상이지

직선 논둑 훑어버린
소 꼴 벤 아재비 쇠뜨기 긁어모을 때
휴경지로 따라나선 송아지 젖 물리며
등에 멘 멍에에 햇살 한 줄 얹어 얹지

그도 잠시 잠깐
옆구리 내리치는 채찍에 구령 맞춰
윤회의 대기 뒷발로 걷어차며

무욕의 땅 조각에 쟁기로 줄을 긋고 또 긋다가
헛디딘 보무에 숨 가쁜 호흡도 지우지

불어 터진 발등 위로 거뭇한 어스름 기어오르면
쉴 수 있는 보금자리 돌아가고 싶어서
워낭 소리 짤랑대며 눈치만 살피는데
우사로 고삐 트는 쥔장의 앞걸음은
참 기분 좋은 일이지

조정혜 시인의 『소』전문

    소는 오랫동안 농경민족이었던 우리네 삶에서 생
사고락을 함께해 온 가족과 같은 존재였다. 그러나
가족이면서 재산목록1호였던 소는 평생을 노동으로
봉사하고도 팔려가 온몸으로 사람들을 위해 보시를
했으니 귀한 몸이었던 게 사실이다. '듬직한 육체 촉
촉한 눈'은 늘 사람들을 편안하고 기분 좋게 해주던
존재였다. 시골에서 농사짓던 집에서는 재산목록1호
였던 소가 없어진다면 그야말로 천재지변처럼 큰 난
리였고 변고였던 시절이 있었다.
    고향이 그리우면 고향 노래부터 배울 일이다. 한

국인의 정서에서 소가 빠지면 된장국에 시래기(우거지)가 빠진 것처럼 싱거운 맹물탕이라고 해도 과언이 아닐 것이다. 고향을 떠올리면 푸른 산, 푸른 하늘, 맑은 시냇물, 파란 바닷물을 그리기 전에 고향 말부터 떠올리고 어김없이 소가 등장한다. "이 놈의 자식, 소 먹이라고 하니까 소는 안 먹이고 저 혼자 처먹고 자빠져 자는 겨 으응? 이런 망할 놈의 자식 너는 나중에 소로 태어날 거여."

생각만 해도 가슴 설레는 고향이 그놈의 소 때문에 식은땀이 절로 흐르던 기억이 나는 이들도 있을 것이다. "너 후딱 소 안 찾아 오냐 으응?" 아버지의 지게 작대기가 춤을 추면 도망부터 갈 일이다. 동구 밖 언덕이나 마을 어귀에 도착하면 아련한 기억 저편의 추억들이 많을 것이다.

'윤회의 대기 뒷발로 걷어차며/무욕의 땅 조각에 쟁기로 줄을 긋고 또 긋다가' 소도 지치고 농군도 지치며 호흡이 가빠지던 시절 우리네 일상에서 어른들이 자주 하던 말이 있다. "야 이놈아 말 안 듣고 게으름부리면 나중에 소로 태어날 거다."

그 짧은 한 마디에 우리 민족 뿌리 깊게 내려온 불교의 윤회사상이 느껴지기도 한다. 물론 무신론자들도 독려의 말로 활용하기도 했겠지만 소와 밀접했던 한국인의 정서는 그렇게 먼 세월의 바다나 강처럼 단순한 추억만은 아닌 것이다.

무욕의 땅에서 '등에 멘 멍에 햇살 한 줄 얹어 얹은' 소와 농군이었던 이 땅의 아버지들은 일심동체였으며 한줌 땅 뙈기 논밭을 갈며 큰 욕심 없이 오로지 먹고 살기 위한 생존의 몸부림에 시간을 보냈던 것이다. 소는 농군이었으며 세월의 강을 건넌 현재도 여전히 생존을 위해 몸부림치는 도시 근로자들을 위해 귀한 육보시를 해주며 윤회의 사슬에서 제자리를 지키는 보살의 역할을 하고 있다. 그래서 우牛보살이라는 말도 나온 것이다.

"

문설주에 기대서서 그대를 봐요
정원에 꽃씨 뿌리는 새뜻한 당신은
향기로운 봄의 전령사

모가지 꼬아 인연 맺는 나팔꽃 방식은
서로를 의지하며 대등하게 오르는 것
어쩌면 저 배경이
당신과 동행하는 내 삶과 같아서
필연인 그댈 어찌 사랑하지 않으리오

갈맷빛 틀에 앉은 팬지 화
배곯은 꽃벌에게 품 내어 줄 무렵
운명이란 주제로
볕 든 창가에서 그대에게 편지를 쓰오

후일
선한 잎들이 가무 즐기는 계절 오면
침실엔 홍갈색 노을 따 무드 조명 달아 두고
윤기 나는 공기 앞세워
우리 둘이 팔짱 끼고 낙엽 주으러 갈까

조정혜 시인의 『내 남자의 러브레터』전문

사계절이 뚜렷한 한국에선 편지에 대한 갖가지 애틋하고 즐거운 사연들이 계절 따라 많기도 하다. 오랫동안 한국인의 정서에 서간문 편지가 하나의 생활이었던 시절이 있었다. 요즘엔 과학기술의 발달로 공중전화조차 사라지고 중요 통신이었던 전보나 편지가 일상에서 자취를 감추고 말았다.

조정혜 시인의 '내 남자의 러브레터'는 그대를 특정하지 않고 자유롭게 계절 따라 피는 꽃이나 나무, 바람 등 자연과 함께 동행하는 모든 사물과 풍경을 대상으로 연서를 쓰며 노래하고 있다. 봄날 '볕든 창가에서 그대에게 편지를' 쓰는 것도 '정원에 꽃씨 뿌리는 새뜻한 당신'에게 함께 봄을 만끽하자는 은근한 유혹이라고 할 수 있다.

'배곯은 꽃벌에게 품 내어 줄 무렵'에 '볕 든 창가에서 그대에게 편지를' 쓰는 행위는 어쩌면 품어주고 베푸는 여성성의 모성애에서 나오는 넉넉한 마음이랄 수 있다. 조정혜 시인의 러브레터는 '모가지 꼬아 인연 맺는 나팔꽃 방식'처럼 그대가 남성을 특정한 게 아닌 자연의 사물과 함께 나누는 연리지 사랑이라고 할 수 있다.

일상에서 편지가 우리에게 주는 에너지 상승과 상처를 어루만지며 치유해주는 효과는 실로 엄청나다고 할 수 있다. 서간문에는 사랑하는 연인 사이의 연서뿐만 아니라 법률적으로 오고가는 진정서, 탄원서, 반성문, 시말서, 사고경위서, 성명서 등 많은 분야의 하고 싶은 말을 글로 적어서 만든 것들이 모두 서간문에 해당된다.

때론 내가 하고 싶은 마음의 글이 상대방을 움직이는 힘으로 작용되기도 하여 편지를 마음을 어루만지거나 치유 목적으로 쓰기도 하지만, 유도하기 위한 심리적인 목적으로 활용하기도 한다.

러브레터는 상대가 뚜렷한 경우도 있지만 '우리 둘이 팔짱 끼고 낙엽 주으러 갈까'처럼 자기 자신 또는 불특정의 대상에게 살짝 관념적으로 전하기도 한다. 편지는 시처럼 치유의 목적으로 활용하기도 한다.

이 경우 자기를 지나치게 사랑하거나 도취에 빠져 있다는 나르시시즘(Narcissism)으로 오해를 받을 수도 있지만, 다른 사람과 감정적인 공명을 할 수 있고 주변 사람의 의도를 알기 위해 직감적인 지식을 동원하는 거울뉴런을 활용하는 경우도 있다. 자신이 보는 타인의 얼굴은 곧 나의 얼굴이 될 수 있다. 조정혜 시인의 화법은 타인과의 공명과 공감이라고 할 수 있다.

"

세기의 산이 바람 베어 날리던 날
절벽 배꼽에 내려앉은 솔 씨 하나
천만번 뇌우 맞은 몸살 견디어
험준한 기암에 뿌리내린 기이한 자태

푸른 혼 흔들릴 때마다
그립지 아니한 것 없을까만
사치할 줄 몰라 단풍 들지 않고
허세 부리지 아니하니 거짓도 없어라

송진 틈새로 귀 열어 눈 떠보면
산맥 휘감은 메아리는
골 깊은 계곡의 심장 소리요
태고의 괴석 가슴에 움푹 파인 한 줄 시어
전설이 두고 간 편지가 아니던가

세월이 그은 획 뼛속에 두른 채
가지마다 솔잎마다 운해 꽃 엮고 지고
삼라만상 유혹해 본들
청설모 한 마리 오르지 못할
가파르게 솟아오른 번지 없는 곳

아무리 둘러봐도 내려갈 길 뵈지 않고
결국 있어야 할 곳 기암의 품속이라
오늘도 외마디 투정 없이
황산의 미인송은 수백 년 침묵을
바람으로 토해낸다

조정혜 시인의 『미인송 연가』전문

못나면 못난 대로 아름답고 잘나면 잘난 대로 멋

있는 천년의 바람 속에 태고의 모습으로 어제 그 자리를 오늘 그대로 굳세게 지키고 있는 것이 소나무의 모습이다. 온갖 풍우에 시달려 비틀어진 기이한 형태로 남아 있지만 결코 허세 부리지 않고 거짓도 없는 고고한 천년송도 때론 짙은 그리움에 떨 때가 있을 것이다.

세월이 흐르면 잘생긴 나무는 산을 떠나고 못생긴 나무가 산을 지키게 된다. 어쩌면 사람 사는 세상도 이와 다르지 않다. 온 산에 흔한 소나무도 더러 굽이 굽이 휘어지고 옹골진 나무가 오래가는 법이다. 태고의 괴석 허리 움푹 파인 한줄 시어도 전설이 두고 간 편지처럼 지나간 세월 저편 돌아오지 않는 시간의 편린일 뿐이다.

청솔모 한 마리 오르지 못할 가파르게 솟아오른 번지 없는 기암괴석의 품속 고립무원에 있는 소나무는 수백 년 침묵을 바람으로 토해낸다. 지상에서 암수 교미를 하며 쾌락의 열매를 맺는 은행나무의 몸짓에 침을 질질 흘리며 부질없는 애욕만 불태우는 소나무도 긴 한숨을 토해내는 생명체인 것이다.

모든 오욕칠정의 번뇌를 끊은 소나무는 모진 비바람을 홀로 맞으면서도 짙은 향기를 남기며 홀로 외롭게 제자리를 지키는 게 사명인 것처럼 고고하게 서 있을 뿐이다. 사방을 아무리 둘러봐도 내려갈 길 보이지 않는 고립무원의 바위 품속은 어쩌면 지상에 있는 유배지의 위리안치 가옥과 결코 다르지 않다.

사람도 탱자나무 가시 울타리로 사방을 겹겹이 둘러싼 가옥에서 위리안치를 당하면 갇힌 채 오로지 하늘만 쳐다보며 긴긴 하루해와 한해 한해를 보내며 긴 한숨을 삭히고 고고한 천년송처럼 제자리를 지켜야만 했다.

조정혜 시인은 사치를 할 줄 몰라 단풍 들지 않고 허세 부리지 아니하니 거짓도 없는 소나무를 고고한 선비로 표현해 내고 있다. 상처가 상처를 껴안으면 피가 되고 살이 되어 하나가 되듯 소나무의 옹골진 옹이는 단단한 힘이요 툭 불거져 나오는 함성이다. 바람은 길 따라 흘러가고 소나무는 바람에 몸을 맡긴다. 상처도 오래되면 웃음이 나오며 왕창 허물어지고 치유가 되듯 모든 게 시간이 약인 셈이다.

수백 년 침묵을 바람으로 토해낸 것이 미인송이다. 위리안치 속에서 세월의 낚시를 드리우며 하늘만 쳐다보며 견뎌낸 사람이나 모두 제자리를 굳건히 지킨 승리자인 셈이다. 천년의 바람을 온몸으로 맞으며 오늘도 외마디 투정 없이 묵묵히 고지를 사수하는 소나무는 진정한 이 땅의 선비인 것이다.

"

속 빈 지푸라기 가슴에 품고
초가에 뿌리내린 현빙

그믐달에 기도하는 내 모습 애처로워
처마에 앉은 별도 우는가

밤이슬에 젖은 바람
이 가슴 파고들어 꽃비 돼라 하니

삭풍과 무서리가 공존했던 계절을
눈물로 작별 인사 고한다

봄바람아
목마른 이들이 내 안부 묻거들랑
말 전해다오

봄 지나 여름 가고
마른 잎 씻겨가는 계절 다 지나가면
창공에 머물렀다 다시 오겠노라고

조정혜 시인의 『고드름 변주곡』전문

고드름은 가장 명징함의 증명이다. 북극 유빙流氷이 녹아내리고 오존층이 파괴되어 뜨거워지는 지구촌의 겨울, 날이 갈수록 열대성 기후가 돼가는 한반도에서도 이젠 겨울에 고드름을 보기가 어려워진다. 알맞게 얼어붙은 고드름도 있지만, 창처럼 길고 끝이 날카롭게 생겨 보기에도 아주 위험한 것도 있다. 그래도 고드름은 우리네 일상에서 어릴 적 겨울날, 과자 대신 입에 물고 놀던 아련한 옛 추억의 대상이기도 하다.

　　2연에서 고드름을 보는 조정혜 시인은, 둥근 달빛에 기도하는 소녀처럼 애잔한 마음을 '처마에 앉은 별도 우는가'로 표현했다. 4연에서 삭풍과 무서리가 공존했던 가장 아름답던 계절을 눈물로써 작별하고, 7연에서 마른 잎 씻겨가는 계절 다 지나면, 창공에 머물렀다 다시 오겠노라 약속하며 마무리를 지었다.

　　이별의 아픔을 고드름을 통해, 가슴에 밤이슬 젖은 바람에 흩어지는 꽃비처럼 표현한 조정혜 시인은, 여성이기 때문에 섬세하고 투명한 액체의 고체화 현상과, 다시 액체가 되는 과정을 관찰해 시적 표현으로 승화시킴이 가능했을 것이다. 아마도 남성 시인이었다면 보다 거친 바람이 불었을지도 모르는 일이다.

이별은 또 다른 새로운 시작을 의미한다. 대자연의 위대함은 시작과 끝이 끝없이 반복되는 뫼비우스의 띠처럼 영속적으로 이어진 우주의 질서에 있다. 조정혜 시인은 작품 4연중에서, 삭풍과 무서리가 공존했던 겨울을 가장 아름답던 계절이라고 표현했다. 대상을 관찰하는 시인이 어떤 상황, 어떤 입장이었느냐에 따라 겨울을 느끼는 감정은 다를 수가 있다. 낭만적일 수도 있고 혹독할 수도 있다.

낭만시인 백석은 암울했던 일제강점기에도 풍자와 해학이 넘치는 작품들을 많이 생산했다. 가난했던 시인이라고 해서 다 암울함이 묻어나지 않음을 알 수가 있다. 한국 문단에는 해방 후 한국전쟁이 끝난 뒤, 절망적 시대 상황을 그대로 반영했던 유고 시인들이 많았다. 반면에 희망을 노래하는 시인과 작곡가들도 많이 있었던 게 사실이다.

조정혜 시인의 '고드름'에선 절망적인 겨울이 아닌 또 다른 새로운 시작, 즉 희망을 노래했다. 여기에서 우리는 창조적 에너지를 느낄 수가 있다. 많은 이별의 노래는 대부분 아픔, 사랑의 상처, 절망, 우울한 그림자 같은 어두운 면을 많이 볼 수가 있는데, 창조적인 발상으로 역동적인 에너지가 살아있는 조정혜 시인은, 에너지 전도사라고 할 수 있다.

나의 존재를 찾는 이가 너였구나
마지못해 사라진
유시의 낙양이 사위어가는 소리였구나

밑동부터 차올라 파열하는 불꽃 하나
마주 보는 추녀 끝 독백은 커튼 내리고
헛바람 기포에 풍경 종 쉼 없이 탱고 추는 밤

눈 한번 깜박이지 않는 뜨거운 몸짓 보며
결 고운 구름 한 점 달무리에 기대앉고
오도카니 서 있는 너를 보는
초롱화 한 모둠 곱고도 어여뻐라

너였구나
뜬눈으로 지새운 갈증에
가로등 익은 볼이 새벽이슬 바를 때
어둠 추스르며 파닥이는 기척이
묘시의 첫닭이 잠 깨는 소리였구나

조정혜 시인의 『가로등』전문

인생은 흔들리는 갈대와 같다. 살다 보면 그 어떤 사람만 힘든 게 아니라 내남없이 모두 힘들지만 위로를 하며 살아간다. 우리 모두 흔들리면서 살아가는 게 인생인 것이다.

조정혜 시인의 작품 '가로등'은 차분한 가운데 짙은 외로움이 묻어 있다. 1연 '나의 부재를 찾는 이가 너였구나'로부터 4연 '오도카니 서 있는 너를 보는/시월의 구절초 한 모둠 곱고도 어여뻐라'까지 내용엔 내 안에 네가 있고 네 안에 내가 있다는 교감이 느껴진다.

2연 '헛바람 기포에 풍경 종 쉼 없이 탱고 추는 밤'은 허무함의 바람 속에 흔들리는 풍경 종처럼, 들판에 서 있는 외로운 허수아비를 연상케 한다. 인간은 공동체적인 동물이라고 표현하지만, 실상은 무소의 뿔처럼 혼자서 가야하는 외로운 존재이며, 흔들리면서 살아가는 존재이기도 하다.

우리 모두 외로울 땐 기대며 가야한다. 우울한 휘파람소리 대신 춤이라도 추면서 함께 가야 짙은 센티멘털에서 벗어날 수가 있다. 시간의 그물을 벗어버리고, 우울할 땐 춤이라도 추면서 가다보면 터널의 끝도 나오게 돼 있다.

4연에서 '목마른 갈증에 뜬 눈으로 지새운' 것은 결국 사람이다. 화자가 독백하는 대상은 가로등이지만, 그 가로등을 바라보며 감정의 교감을 나누는 것은, 결국 화자 자신인 것이다. 우울한 대화는 '어둠 추스르며 파닥이는 묘시의 첫닭이 우는 소리'와 함께 잠에서 깨어난 것처럼, 정신을 추슬러야 또 기운을 차려 살아갈 수 있을 것이다.

조정혜 시인은, 감지할 수 있는 사물로 독자들의 체험을 환기시켜, 독자로 하여금 구체적이고 생생하게 잘 느낄 수 있도록 비유를 사용하고 있다. 여기서 의인화시킨 1연 '나의 부재를 찾는 이가 너'는 나는 곧 너이고 너는 곧 나인 것이다. 여기서 대상과 화자의 독백을 통해 시인은, '눈 한번 깜박이지 못하고 견뎌야 하는 뜨거운 몸짓'을 독자에게 전달하고자 한다.

눈 한번 깜박이지 못하고 견뎌야 하는 뜨거운 몸짓을 하는 가로등은, 어쩌면 마네킹처럼 정지된 자세로 장시간 견뎌야 하는 누드모델처럼, 극도의 인내를 감내하는 슬픈 인간의 내면을 표현한 것일 수도 있다.

■ 나가며

'거울 뉴런(mirror neurons)'이란 게 있다. 이 뉴런(신경세포)은 다른 사람의 몸짓을 보거나 말을 듣는 것만으로, 마치 자신이 직접 행동하는 것과 같은 느낌을

받게 하는 기능을 한다. 다른 사람의 행동을 그대로 비추는 거울 같다는 의미에서 거울 뉴런이라고 불린다. 조정혜 시인은 친밀한 라포 형성으로 울림과 공감대 형성이 가능한 시 쓰기를 하고 있다.

시인은, 아름다운 자연을 환희로 노래하는 순간부터 출발해야, 진정한 시인이라고 할 수가 있다. 물론 삶의 아름다움만 표현하며 시를 쓸 수는 없겠지만, 가급적 삶의 어두운 것과 고통을 표현하는 것 보다는, 밝고 아름다운 것을 찬미하는 노래를 시로 표현하는 것이 더 창조적인 뉴런을 생성할 수가 있고, 주변을 함께 밝힐 수 있다. 독자들과의 유대관계가 돈독하다는 것이다.

조정혜 시인의 시 세계는 일반인들이 상상할 수 없는 저 언덕 너머 피안의 세계도 함께 볼 수 있으며 안 보이더라도 그려낼 줄 아는 혜안을 갖추고 있다. 시적 대상을 관찰할 때는 사진의 접사처럼 세밀하게 봐야겠지만 보이지 않는 세계도 함께 느낄 수 있어야 시 창작의 진수를 맛볼 수 있게 된다.

우리네 삶이 단지 허무주의라는 막다른 골목에 들어서서 결국 탈출구를 찾지 못하고 고사하는 것이 아니라, 힘의 의지로부터 시작하여 운명을 극복해 나갈 수 있을 때 인간의 진정한 행복이 시작될 수 있을 것이다. 조정혜 시인은 이미 능동적이고 창조적인 뉴런을 활용하여 에너지를 전환시키는 시적 능력을 갖추고 창작활동을 하고 있다. 앞으로도 계속 그런 해탈의 시편들을 기대해본다.

나무의 詩

조정혜 시집

초 판 인 쇄 ｜ 2024년 3월 5일
발 행 일 자 ｜ 2024년 3월10일
지 은 이 ｜ 조정혜
펴 낸 이 ｜ 김연주
펴 낸 곳 ｜ 도서출판 성연
등   록 ｜ (등록 제2021-000008호)경남 창원
홈 페 이 지 ｜ https://cafe.daum.net/seongyeon2021
사 무 실 ｜ 창원시 성산구 대원로 27번길 4(시와늪문학관 내)
디 자 인 ｜ 배선영
표 지 그 림 ｜ 김성훈
대 표 메 일 ｜ baekim2003@daum.net
전 자 팩 스 ｜ 0504-205-5758
대 표 전 화 ｜ 010-4556-0573
정   가 ｜ 13,000원
I S B N ｜ 979-11-979561-5-7(03800)

이 도서의 출판예정 도서목록 ISBN: 979-11-979561-5-7(03800)
국립중앙도서관 서지정보유통지원시스템 홈페이지(http://seoji.nl.go.kr/)와
국가자료목록시스템(http://www.nl.go.kr/kolisnet)에서 이용할 수 있습니다.